超越雙軌的朵拉

小葉欖仁

Dora Over The Rails

Content

目次

初章　嬰兒於彈藥箱中安睡

「人類最古老而強烈的情緒，是恐懼；而最古老最強烈的恐懼，便是對未知的恐懼」

——霍華德．菲利普．洛夫克拉夫特。

這是在遙遠的過去，一位智者的箴言。

與「未知」的初次見面，總能輕易勾起人類內心的不安。

但那僅只是不安而已，根據程度的不同，它才會成為恐懼。而能將人的恐懼最大化的場所，

那就是——戰場。

當還在使用獸骨與石器的原人，迎來使用金屬器民族的侵攻。

當手中的青銅劍被鋼鐵摧折。

當同伴被敵方投石器拋出的巨石壓成肉泥。

當厚實的城牆被炸藥一舉爆破。

當持刀的勇士，敗倒於火銃的齊射。

當坦克輕易逾越己方的壕溝。

當核武的光芒在城市中盛放。

那會是什麼感覺?

凝望著深淵般,雙腿顫抖,當未知在眼前化為現實,直到理解以前,那種恐懼都會如影隨形。

亦或者,直到比之更為龐大的恐怖降臨。

今日下午,她依然在行進著。

於人跡罕至的荒原赤地上,一邊掀起煙塵一邊緩慢移動的漆黑影子。

在毒辣陽光直射下,閃耀黑色金屬光澤的板甲,其引擎發出震地轟鳴。頂著巨大砲管,散發熱量,在軌道上匍匐行進著的、一千三百五十噸重的鋼鐵之軀。

她的名字,叫做「朵拉」。

來自災變前的德意志第三帝國,從不知何時起有了自我意識,自那之後,便一直行駛在環繞陸塊鐵路上的戰場幽靈。

由於自重和體積的關係,她行使時總會占據兩條軌道,而運氣很好的是,她知道接下來數十公里的路程都鋪設有兩條平行鐵軌。

身處無盡延綿的大地,如旅人般,這輛旅行列車時刻都在警戒著周遭異動。

由於常年行駛在鐵路上，她能接觸到的基本只有「人類」這個種族而已，而因為她行駛時發出的震動，能輕易地沿鐵軌傳播至數百米外，她往往是率先被發現的那一個。

「前面的列車，能不能載我們一程。」

聲音遠遠地傳來，此時朵拉「看」到在她行駛道路的前方，有一道渺小黑影在快速接近。

將車身上加裝的機槍對準來者，直到認清對方，她才調轉槍口。

那是被稱作側邊摩托的交通工具。

軍綠色的重型機旁附帶著大型挎斗，曾在遙遠過去，那支被稱為摩托化步兵的隊伍所使用的型號。

而乘坐在上面的，是一個家庭。

車上掛滿零散的生活用品，由揹著獵槍的男人所駕駛，挎斗上則坐著一名女性，她懷裡還抱著襁褓中的嬰兒。

朵拉緩緩地減速，在發出巨大噪音的同時停止身形。

「不要嚇壞孩子了。」那位母親伸手捂住嬰兒的耳朵，隨後與丈夫一同下車。

她和丈夫都穿著旅人必備的斗篷，此時面向朵拉，他們同時掀開兜帽。

父親有著堅毅的臉孔，勾勒強壯臂膀的袖子上，綠色血汙已滲入布料，想必當在旅途中遇上危難時，總是他用拳頭與背上的獵槍護妻兒周全。

而母親那邊，則有著柔和的臉部線條，即使是剛才的埋怨也是輕聲細語，此時如本能般輕輕搖動懷裡的嬰兒，她就像個人類母親的典範。

「請問能讓我們上去嗎？」她問。

過了數秒，才傳回帶著機械音的女聲：「上來吧。」

朵拉車身有三層，最上層是砲台、最下層是底座台車，中間則有幾處可載人的平台，丈夫將摩托開上放下的斜坡，並停置在第一層靠車尾處，之後一家人便移動到同層最前方。

「真是太感謝了。」不知道車掌在何處，於是丈夫朝著砲座鞠躬。

「不客氣。」

朵拉回應，炮身角度微微上昂。

在旅途中，偶爾就是會這樣。

沒有預期的邂逅，而後短暫地同行。看著這一家三口，朵拉沒有什麼特別的想法，她已經習慣了。

只要經過漫長的時光，偶然也會堆積成龐大的數字。況且從以前到現在，「難民」一直有增無減，人類的棲息地被外種族愈加侵占，總有一天，她所行駛的鐵路終會成為這世界最後的淨土吧？

「我叫做班森，她是艾薇，」男人邊說邊摟著他的妻子，另一隻手又指向嬰兒：「至於這孩子，我們還沒想好要叫什麼呢，這可是一件重大的事情。」

「不過真不可思議呢。」名為班森的男人又說道。

「什麼？」

「我從來沒看過像這樣的列車，請問那東西又是什麼？」將手指向上方那巨大的鋼鐵圓筒，他露出不可思議的表情。

「砲管。」

「砲管？真是奇怪的名字，它有什麼作用？」

「……」看著他背著的獵槍，朵拉知道那和自己是同一性質、乃至原理也非常相近的東西。僅因規模不同而無法認出，她早就這麼覺得了，這時代的人類是否稍嫌狹隘？

「不過女車掌也很少見呢，可以請問妳的名字嗎？」這次是他的妻子、名叫艾薇的女人發話了。

「……」

朵拉默不作聲，只是炮口往下掉了幾度。

「我妻子失禮了，不想說也沒關係的，」班森再次對著砲座說。

「朵拉。」

「？」

「我叫朵拉。」

「原來是朵拉小姐啊，」她抓住懷裡嬰兒的小手，替他揮動了幾下：「來，快跟姐姐說謝謝。」

嬰兒只是咯咯笑了幾聲，他根本還沒到能說話的年齡，但對朵拉來說足夠了。

人類的幼體是非常珍稀的存在。

處於脆弱人類一生中最脆弱的時期，棉絮般軟弱的肌肉、餅乾般易碎的骨骼，只要一點震盪就能致其於死地。因此這家人上車後，朵拉一直盡量保持著平穩行駛。

可她還是低估了嬰兒的敏感程度。

一個顛簸後，嬰兒就開始大哭，夫妻倆只好轉而將全副心神放在安撫嬰孩上。直到他停止哭泣為止，整整兩個鐘頭，朵拉迎來了沒有對話的時光。

天色也差不多暗下了。

太陽下落，呈現鮮豔的橘紅。自姆大陸重現、人類衰退以來，在朵拉這樣的怪物眼中，一切都變得鮮明無比。

她的思緒飄回遠在其意識還尚未誕生時，那些不時閃過的片段畫面。

被砲火耕耘的大地。

燃燒著的碉堡。

散亂的血肉與敵我士兵的哀嚎。

屹立於兩條鐵道之上，投射出七噸砲彈，徹底摧毀目標的——自己。

他們殺了多少人？染黑了多少天空？染紅了多少大地？

數也數不清的死者，現在都到哪裡了呢？

朵拉不知道，人類死了之後會去哪裡。
他們出生前又身在何處呢？
她看向安睡的小寶寶，或許嬰兒就是最接近答案的。
關閉視覺，朵拉想休息一下。哪怕意識處於休眠狀態，她的身體也能繼續行駛，而考慮到不久後將迎來的夜晚，她提早打開了探照燈。
這似乎小小嚇了夫妻倆一跳，朵拉沒在意，只將意識沉入深處。
無機物的休眠與人、有機生物不同，這可說是沒必要的行為，只要有那個想法，她完全可以在數年間維持絕對清醒的狀態。
可是她還是會休眠。
為什麼呢？
是受了嬰兒的影響嗎？
孩童那安詳聖潔的睡臉，具有這樣的力量嗎？
朵拉沒有作夢。
保持清晰的思緒沉入黑暗，她的休眠只是暫時與外界斷開聯繫。
曾有人說兒童是天使。想到這裡，朵拉彷彿聽見了振翅聲。
從遠至近，呼呼的拍翅聲，她很快意識到這不是想像，朵拉重新開啟視覺，根據天色與月亮位置，她判斷此刻已瀕臨午夜。

而在前方月光照耀之處，浮現出幾個漆黑影子，車上的父親早就在警戒了，此刻也是一副如臨大敵的模樣。

那是直徑約一米半，如植物根莖般的球狀物，無數觸鬚於其正面糾結形成模糊的馬頭樣貌、並於末端垂下，它們的背面也帶有蝙蝠般的翅翼。

這是「異物」，當舊日與其僕從種族於一個地方停留過久，周邊的動植物就會被祂們的力量所侵蝕，成為擁有異形身軀的怪物。

而與普遍比人類強大幾個次元的舊日相比，這些異物才是最讓人頭痛的。刻有舊印的枕木能引起大多數舊日支配者與眷屬——那些不可名狀的恐怖們本能的嫌惡，進而起到讓他們遠離鐵道的效果。但像異物這類徒有外形，卻缺乏力量本質的存在，根本不會對舊印產生反應。

異物無疑是弱小的，但這是相對於它們的主體而言，擁有猛獸般力氣的它們仍能輕易撕碎人類的肉體。

而眼前的幾個，馬頭加上翅膀的話，可能是屬於「夏塔克鳥」的植物衍生物。

夏塔克鳥是一種棲息於高原的巨鳥，牠們擁有馬臉與蝠翼，戰象般巨大的體型。為外神奈亞拉托提普的僕從，屬於下級種族的祂們力量並不算強大，卻依然足以讓任何看見牠的普通人類發瘋。

而其衍生物，也同樣具備飛行能力，那些垂下的鬚根每條都有成人手臂的力量。它們會以極快的速度飛近，纏繞人的四肢，將其扭斷並絞碎，然後從軀幹吸食體液。

「有五個嗎？這下子……」他最多只能應付兩體，班森望了身後的妻兒一眼，手中的獵槍瞄準其中一隻，此時距離還有點遠，他艱難地估算開槍時機。

「朵拉小姐，能再開快一點嗎？」艾薇問道。

「沒用的。」朵拉說，雖然性能有了提升，但她的行駛速度最快還是只有時速十五公里，而這些異物則有著遠超摩托的飛行速度。

「雖然讓年輕的小姐出來很不好意思，但能請妳來幫忙嗎？最好帶著武器。」他說著，視線與槍口則一刻不離異物。

「不能。」

「為什麼!?這個時候我們一起防禦，總有人活得下來，如果我們都死了，」艾薇抱著嬰兒，聽見朵拉冰冷的語氣，她也著急了：「妳覺得妳一個人能抵抗它們嗎？」

「……」

「噠噠噠噠噠——」

朵拉沒有回應，取而代之的是一連串火光與聲響在車體前方響起。沒有防空車輛與步兵跟隨，對身為列車砲的她而言是非常不妥的，因此朵拉在原本給乘組員使用、或者拆卸維護用的多餘空間上，加裝了不少獨立的反步兵與防空火力。

比如各安放在主砲砲座前方兩條斜坡上的，兩具四連裝德軍flak 38 20mm高射砲，長1.3米的砲管、兩公分的口徑以每分鐘八百發的速度，朝前方的異物傾瀉彈藥。

「噠噠噠噠噠噠噠噠噠噠噠噠噠噠噠噠噠噠噠噠噠噠噠──」
子彈出膛的焰光在夜色中閃耀，異物的哀嚎被砲聲輕易地掩蓋。
「噠噠噠──」
月光穿透飄起的煙硝，照亮班森呆滯的面容。
「這是……什麼。」他看著這一幕，只是一瞬間，聽見彈殼掉落的聲響，然後是串成線的火光，前方比任何猛獸都要可怕的異物便成了碎末，它們的體液與身體殘片仍被衝擊力帶走，最終成為泥土的一部分。
無比脆弱，就像人類在僕從面前一樣。
如同僕從在舊日支配者跟前一樣。
他們從來沒見過這種光景，他持有的獵槍和頭頂上的機砲相比，就和玩具沒兩樣。
聲響停止，一切猛然歸於平靜。
「沒事了。」將五隻異物悉數殲滅，朵拉的語氣仍毫無起伏。
簡直就像撢走灰塵般的口吻，班森聽了，把目光移向朵拉的主炮、他本以為是煙囱或裝飾的物體上。
漆黑的，由下往上看，彷彿要將月亮捅穿的獨角。
他有了非常可怕的想法。
如果、如果那也是武器呢？

就像自己的槍一樣，就像剛才蹂躪異物的東西一樣。

自己的獵槍和剛才開火的東西比起來就像玩具，而那東西和這「獨角」相比，甚至連玩具都不如。

他們現在，到底搭乘在什麼東西上面……

從面對異物帶來的生命威脅，到威脅被解決，這短暫期間心理落差造成的衝擊，導致艾薇就這麼脫力而昏睡過去。

班森攤坐下來，看見妻兒平安，也鬆了一口氣，不再去想那些可怕的事情，便跟著閉上眼睛。

嬰兒失蹤了。

不知是他自己醒來爬走的，或是被偷摸上來的異物捉走的，就結果論，夫妻倆一覺醒來，就發現心愛的幼子已不知所蹤。

作為弱小人類所養成的警戒習慣，導致他們的睡眠時間並不長。現在天也才濛濛亮而已，就是這短短四、五個小時的時間，孩子卻不見了。

艾薇絕望地尖叫，無比擔心的她總會把事情往最壞的方向想像。比如滾下列車死去，或者被異物吞噬。

那可是連名字都還來不及取的孩子啊！耳邊彷彿傳來孩子的哭聲，她根本無法冷靜。

班森則是一邊安慰著妻子，一邊捏緊拳頭，於漫長旅途中全力守護家人，卻只因半夜的鬆懈而面臨痛失愛子的境地。

無論是哪方，都無法想像孩子不在，僅有兩人面對無盡旅程的景象。

於是他們詢問了朵拉。

「如果是自己爬走，那應該就在附近而已。」

兩人得到了這樣的答覆。

朵拉的車體足有四十七米的長度、十米的車高與多層結構，全找起來是非常困難的。

但考慮到嬰兒的活動力，如果沒被捉走，那一定是在非常近的地方。

夫妻倆心中重燃起了希望，迅速找遍同層平台，最終把目標放在車體前方。

整座重砲最前端的位置，於夫妻倆過夜平台的下方，有兩個突出的台車，周圍以鐵板簡單地加高固定，裡面堆放著許多木箱，幾乎要堆到與他們同水平的高度。

這些是彈藥箱，雖然主砲的砲彈另有存放的位置，但後來加裝的防衛武器就不同了，面對那巨量的配套彈藥，饒是以朵拉龐大的車體也得將空間完全利用，而前方台車上空出的空間就是很好的選擇，而且就算此處被擊中，哪怕算上絢爆也波及不到主要結構。

而以位置來看，嬰兒也很有可能從載人平台滾下，掉到這些木箱之上，當然也可能爬進箱中。

找著找著，他們終於發現一個頂蓋沒上鎖的木箱，裏頭傳來微微的響動。

「就是這個了吧？」班森說著並走上前，艾薇則在一旁祈禱。

「嘎吱……咿……」

朝陽完全升起的同時，他也將那木箱的頂蓋完全掀開。

彈藥箱中，為了保存裝有大量火藥的子彈，朵拉使用了數層皮草做為緩衝，每個木箱內都墊著乾爽且柔軟的動物毛皮，且最上方也是反摺著蓋起，只在邊角露出閃耀金屬光澤的屠殺利器。

而在那之上，嬰兒正安穩地睡著。

蜷曲著小小的身軀，吮吸著大拇指，臉上浮現幸福的表情。

「啊嗚……」

稍微翻動身體，底下的子彈便發出小小的、清脆的碰撞聲，叮鈴啷噹地，讓他在睡夢中也能發出微笑。

眼前的畫面，莫名地帶著某種神性。

在彈藥箱中，沐浴在第一道朝陽下，那小小的、聖潔的孩童。

「我的孩子——」艾薇激動地張開雙臂並走上前。

「啊……啊嗚……」

而他似乎也被父母製造的聲響打擾了。

他一睜開眼，看見的就是喜極而泣的母親。

艾薇緊緊抱住懷中的嬰兒，在無數彈藥堆中安心地跪坐下來。班森也跟著把老婆和孩子一起擁入懷裡。

「磯磯磯磯——」

臨近正午，尖銳的剎車聲響起，行進中巨物的身形靜止下來。

看向前方，鐵道從平行的雙軌分岔成兩條，朵拉不得不停止行駛。

也該是道別的時候了。

「朵拉小姐，這一路上真的很謝謝妳。」夫妻倆一同對著砲座鞠躬。

「為什麼？」

出乎他們意料，朵拉沒頭沒腦地問道。

「什麼為什麼？」班森問。

「你們不害怕嗎？」

「害怕？雖然這輛列車上裝了很厲害的東西，」他甩了下背後的獵槍：「但也和這差不多，不是嗎？」

恐怖的事情、難以理解的事情，他選擇不去想像。

人類中被自身妄想殺害的傢伙已經夠多了。

她運送了自己與家人，救了他們一命、還幫忙找回孩子，這還不夠嗎？

「雖然是個不情之請，但能請妳出來嗎？我們和這孩子都想當面道謝。」

「……」

但艾薇的請求並沒得到回應。

不知為什麼，那位叫朵拉的小姐，似乎不喜歡與人見面。

如果能面對面道謝就好了。班森想著並騎上摩托，載著妻兒沿另一支鐵道離開。

「有緣再見！」他又喊道。

「再見。」

明明沒有期待回應的，那年輕平穩的女聲，卻依然以不大不小的音量傳入耳中。

他們連忙回頭，遠遠看見的，是一名嬌小女孩的身影，而那輛龐大的獨角列車則消失無蹤。

「啊嗚——」

嬰兒朝著人影的方向揮手。

一直揮著手，直到她消失在遙遠的地平線、那豔陽的光暈之中。

在嬰兒的眼中，那輛列車到底是什麼呢？

那個人影又是什麼？

——戰爭的恐懼，同時也是不可名狀的恐懼。

而在已無人類戰場的如今。

第三帝國的秘密武器，也僅僅是一輛列車而已。

她是列車，名喚「朵拉」。

和如今大多數人類一樣，依附著鐵道而生，並邁向無盡旅途的戰場幽靈。

——————————

朵拉今日註記：第一次知曉「可愛」這個概念，或許就是在人類的幼體上。

貳章　有效的護符

環繞姆大陸的鐵路，可謂世上最大的奇蹟。

不知從何時就出現的、每塊枕木上均刻著舊神之印的，複雜而堅固的鐵道設施，那可謂救贖般的存在——從災變開始後不久，人類的航天、航海系統便在天空與海中眷屬的威脅下失效，只有陸地運輸至今支撐著人類群落間的聯繫。

只因為有它的存在，人類才不至於倒退回石器時代，事實上，如今部分地區還留有少量戰爭時期的生產技術，但礙於能源問題難以有效利用。依朵拉之見，現在人類整體的文明水準從大戰時算起，至少往前倒退了兩百年。

連造蒸汽機都很勉強，當初的技術紛紛失傳，設備也大都損壞殆盡。即使偶爾能看到與自己同時代的工業製品，但它們幾乎都是靠著拆換報廢物品上的零件續命。

這種程度的文明，在充滿危險的陸塊上存在的每一天，都是來自舊神的恩賜。

朵拉把目光放到眼前的鐵軌上，這邊只有單軌，無法滿足她的行駛條件。

長年使用的鐵路，只有其上的舊印在閃爍微光。

舊神……朵拉想起不知在何時讀過的資料。

那是處於舊日的對立面，只在書本記載上存在的族群，至今沒有任何證據證明祂們存在。

除了枕木上的舊印。

舊印、舊神之印，由歪曲五芒星、中心的一個橫橢圓與火焰似的小點組成，能讓舊日與其眷屬嫌惡而避開的圖騰。

最初人類尚有周旋之力的數月，各國發現這點之後，立刻不約而同地生產出大量刻有同樣圖騰的鐵牌與木牌，那被單純地稱作「護符」。

然而卻一點用也沒有。

以為找到了解決方案，但終究只是刻出了形狀，其實只能起到安慰人心的效果。這些枕木上的印記一定經過了別種程序才帶有如今的驅逐力量。

而那些人為生產的護符，現在還做為某種象徵物在人類間流通……

「妳旅行多久了？」

朵拉身邊傳來稚氣的童音。

那是一名男孩，金髮碧眼，看來在十歲左右，從衣著來看並非旅人。

朵拉在沒有雙軌的環境下，會轉換成人形的樣貌，步行於本無法行進的路上。

而在這段路程中，她遇見了一位被異物襲擊的孩童。

在人形狀態下，她的軀體依舊堅韌且帶有龐大質量、還有與之相應的動能，出力雖遠不如原形，但對付一般異物仍綽綽有餘。
她輕易地將蠕動的異物撕成兩半，救下了男孩。
而男孩接在道謝之後的舉動，卻讓她有些訝異。
「可以給我嗎？」
「？」
「就是那個怪物，」男孩把手指向死去的異物：「雖然是您殺死的，但我真的需要它。」
「……」
「拜託您了！我會盡力報答您的。」
他碧綠的眼帶著銳氣與堅定，這是朵拉熟悉的，雅利安民族的眼睛。
「拿去吧。」
朵拉不需要這個，但她對這個男孩有些好奇：「你想要做什麼？」
得到允許的男孩把異物屍體撿起，裝入一個布袋之中：「有了這個，我就可以達成約定了！」
「約定？」
「不說這個了，我得好好謝謝妳，」男孩拉住朵拉的手：「前面就是我住的地方，我們可以一起吃點東西。」
他嘗試扯著朵拉向前跑，卻發現自己完全拉不動這個只比他高一點的姐姐，朵拉對他施的力毫無反應，只保持恆定的速度向前步行。

「妳為什麼要穿這麼厚？」男孩問道。

朵拉的穿著放在這個季節，明顯是異常的。

身上包裹著厚重的衣物，臉面也被兜帽與圍巾包得嚴嚴實實，她全身上下都沒露出一點肌膚。

她不是人類，即使是人形，卻也與完全的人類外貌大相逕庭。

這副樣子不適合被看見。

真要說的話，那比她的原形更接近「不可名狀」也不一定。

「……」朵拉沒有回答，只是跟著男孩的腳步，走到一處人類群落。

附近是岩石地帶，又有水流經過，地表在漫長的時光中產生巨量破碎石塊，對建造房屋來說是很理想的環境。

緊靠鐵軌兩側建立的石造屋群，露水於石面上凝結又被蒸發，夏日鬱悶的濕氣從每一棟屋舍內透出，朵拉不喜歡這種感覺，過濃的濕氣會導致鋼鐵鏽蝕，雖然她如今的車體已非水分所能侵蝕，但朵拉還是本能地厭惡濕氣。

像是貓甩掉毛皮上的水分般，朵拉抖了抖身子。

「我們到了。」

在數十棟房屋的末端，那裏有一棟小小的屋子。

真的非常小，同樣是石材搭起，它卻如孩童搭起的雪屋般，僅有一個圓頂與開口，孤零零的擺在這屋群的邊緣地帶。

窄小、脆弱，憑朵拉的出力，一不小心就可能弄塌的小石屋。

「雖然沒什麼好招待的，但有這個……」進屋後席地而坐，男孩把一塊帶包裝的棒狀物遞給朵拉：「等我燒點熱水，就可以吃了。」

接過它，看著包裝上面寫滿的英文，朵拉知道這是過去敵軍的戰備口糧，將其撕開，露出裡面黃褐色的硬餅，這種麵粉製品幾乎不含水分，加上嚴密的包裝，使其能以百年為單位進行保存。

悠長的保存期限，其代價是那完全不像食物的硬度。

簡直就是石塊。

這時朵拉看到男孩又打開了兩個罐頭，那些也是朵拉認識的、理論上能永久保存的軍用品。

這副景象勾起了朵拉遙遠的回憶。

那時帝國後勤已逐漸不支，曾經的「他們」也是像這樣，在自己車體旁生起火，啃著堅硬的軍糧，然後用過鹹的罐頭和肉乾煮湯來喝。

他們一邊讚美800mm奢侈的破壞力，一邊苦著臉嚥下這些食物的表情，在此刻忽然鮮明了起來。

如果他們當時都活了下來，應該會留有不少子孫才對。

朵拉想起以前遇到的嬰兒，無緣戰爭、卻得生活在如今世界中的他，與生於戰爭時期的士兵們，究竟哪邊更加幸運——不幸呢？

「匡噹」金屬響動聲將朵拉的思緒拉回現實。

「不好意思，是這個跑出來、碰到杯子了，」男孩拿著兩個鋁杯走近，他脖子上懸著一個金屬吊墜：「似乎打擾妳思考了？」

「沒事，」朵拉起身，朝那掛墜伸出手，她與男孩的距離拉近到一個誇張的程度：「讓我看看。」

不等他回應，朵拉就把吊墜抓在手中查看。

「只是個幸運符而已……」男孩顯得頗不自在，兩人間過近的距離還有脖子傳來的拉力讓他近乎窒息。

幸運符。

人為鐫刻舊印的鋁製品，沒有任何實際效用，但朵拉在意的是另一點。

扁平的橢圓形鋁片，依然殘留著刻上舊印前的痕跡——看起來像一連串編號，還有用拉丁字符標註的單位所屬。

這是兵籍牌。

已經嚴重磨損導致無法清楚辨認，但這的確是德意志帝國的兵籍牌。

它就等同於配戴者本身，此時朵拉眼中的男孩已與另一名士兵重合。

模糊的樣貌，但他一定是純正驕傲的雅利安軍人。朵拉搖搖頭，她想這只是錯覺，放開手，男孩喘著大氣跌坐到一旁。

「妳做什麼⁉」他叫著，不明白朵拉為什麼會這麼在意這個「幸運符」，只說道：「這是我曾曾曾祖父留下來的，我們家代代都戴過它，這是『有效』的幸運符。」

「有效？」

「它讓妳來幫助我了，不是嗎？」

「……」

「而且還拿到了這個。」男孩晃了晃裝著異物屍體的袋子。

「……」

朵拉依舊沒有回話，她只是等男孩自己靜下來，然後做出下一步行動。

「對了，我好像還沒自我介紹，我太興奮了，」他顯得有些不好意思：「我叫沃夫，這應該要是小名的，但他們還沒為我取正名就去世了。」

他根本沒有和父母相處的記憶，所以說這些話時也平靜得不可思議：「我是被表叔養大的。」

「他沒有幫你取名字？」

「沒有，他也只是叫我沃夫。」

「他在哪裡？」

「交易所，從他的生意愈來愈差以後，我們就沒有住在一起了，因為一些事情，除非我完成了『約定』，不然不能再去找他。」

朵拉把目光移向那袋異物屍體：「是那個。」

「對，他店裡的員工要我帶回一具異物屍體，然後就是現在，我可以去完成約定了！」男孩很快地啃完口糧，幾口就喝掉杯裡的湯：「對了，大姊姊妳叫什麼名字？」

「朵拉。」

「妳願意一起去嗎？還是就待在這裡？」

朵拉起身，跟著男孩走到屋外。

此刻已是下午，太陽斜射下已經沒那麼高的溫度，兩人沿著等同大路的鐵軌在屋群中行進，最終到了除門上寫著「交易所」之外、和其他屋房舍並無不同的石屋前：「就是這裡，不過不知道叔叔是不是在休……」

「碰」朵拉突然抓住他的後衣領並拉了一把，男孩踉蹌後倒，同時一張椅子從門口飛出、砸在地上並摔斷一支椅腳。

「所以你就讓那孩子自己去對付異物⁉」

緊隨而來的是一聲男性的怒吼，以及一名消瘦的男子從屋裡跌出。

「老闆，我和你說過了，那小子是卡歐特（Kraut），你看到他的頭髮跟眼睛了嗎？他是最標準的那種；無意冒犯，但正是因為老闆您有和他相近的血統，所以才要劃清關係，相信我，我是您最忠實的員工啊！」

卡歐特（Kraut），朵拉聽到這個名詞，這是祖國酸菜的意思，大戰時期敵國總是用這個來稱呼祖國士兵，雖然是貶意詞，但她還是難以理解為何人類會用食品名當作蔑稱。

朵拉能感覺到，消瘦男性只是在淺薄地使用這個詞而已，除貶意以外，他都沒能認識到它的含義所在。

大戰時期的地域文化、甚至酸菜這種食物本身，這類起源被完全忘卻，只有仇恨這個事實流傳至今。沃夫下意識地躲到朵拉背後，她因衣物而顯得臃腫的身形能完全遮蔽住他。

「我才不管！他是我姪子，光這點就夠讓我揍你一頓了。」另一名男人的咆哮傳出，直到剛剛為止，站在屋內的他面容都還被陰影覆蓋，現在他走出來，那樣貌一看就能明白，他為什麼沒被這名員工惡意對待。

或許是在漫長的時光中混入了其他血統，也可能是單純沒有表現型。他有著黑色的頭髮、褐色的眼珠，臉型也沒有任何雅利安人的顯性特徵。

僅僅是因為長相，沃夫這孩子就被區別對待——還是在如今的世界下，被先祖的所為波及。

如果他沒有遇上自己，現在就是一具白骨了。

記得人類會把這種不合理的行為稱作……

「愚蠢。」

她下意識地呢喃，似乎比預想的要大聲，那人的目光一下對向朵拉這邊。

「是旅人嗎？妳是不會了解的！不過，」他從地上爬起來，幾步邁到朵拉面前：「妳看起來很可疑喔，為什麼不把臉露出來？」

不合時宜的超厚重衣物，還有圍巾與兜帽組成的蒙面打扮，的確很難不讓人起疑。面對對方的怒瞪，朵拉僅僅是站在原地。

沒有任何反應，男人感覺就像在面對木樁，過了片刻，他還是自顧自地把話題接續下去。

「妳說我愚蠢，那是因為妳不清楚那小子的祖先做了什麼。」

沒有人比朵拉更清楚了。

每場她作為兵器參與的戰爭，都可謂之人間煉獄。

「他們可是殺了很多人啊！」

那絕不是用「多」就能概括的數量。

「有很多無辜者死了，」他激昂的吼叫：「我知道曾有場戰爭、還有一個過分的民族，這不是傳說！我家的家訓就是別忘記他們對世人做的事。」

男人試圖去拉住朵拉的衣領，但在碰到的一瞬間，他呆住了。

他看見了朵拉身後的沃夫。

「是你？」

「是我，我來完成約定了！」

沃夫提起勇氣站出，把背上的布袋往地上一丟，束口鬆開，露出裏頭的異物屍體。

汙濁的血液與肉塊，在撞擊到地面的同時，隔著布袋發出噗通地聲響，一股惡臭也跟著瀰漫開來。這是被詛咒的事物，消瘦男人與周遭圍觀的群眾不約而同地，以其為中心退後幾步。

「這才是我們應該厭惡的對象，」沃夫說道，隨後把目光轉向被對方稱為老闆的男性，神色明顯和緩下來：「盧卡叔叔，我已經達成約定了，以後我們就可以見面了吧？」

他又甩了下頸上的鋁牌：「我說過了，這是有效的護符！」

被他稱為盧卡的男性嘴一張，似乎想說些什麼，但這時消瘦男人又說話了：「你就不應該回來。」

他一邊環視眾人，一邊說道：「這小子留著那民族的血，以後肯定會給這裡帶來災難的！」

「想想吧，那可不是虛構的故事，而是真真正正發生過的大屠殺。」

「而他們的孩子就在這裡，看那金髮還有綠色的眼睛，多麼不祥的樣子！」

「所以我們應該……」

「他是……」

「……」

到頭來，他只是在說著屠殺、戰爭之類的事情，具體的描述卻完全沒有。

即使那是真實發生過的，如此破碎的資訊也無法讓人吸收。這樣的言語擺在這裡，也僅僅是精神錯亂者的妄言而已。

人們似乎也習慣了消瘦男人這樣時不時地「發作」，全都就這麼看著，沒做出太多回應。

簡直就像在看街頭表演一樣。
同時，朵拉也在看著這個場面。
她的感想——不合理，但值得慶幸。
原來還有人記得啊。
哪怕經過代代流傳而模糊，哪怕淪為淺薄的行事理由。
但男人的態度，正是當時人們感情的延續。
而沃夫，他這樣的堅韌與倔強，還有那外貌與脖子上的護身符，這是曾將她製造出來、並讓她為其服務的民族，其血脈流傳至今的證明。
從胸中湧出如同人類般的感情，對朵拉而言，當時的事件得以流傳，這件事本身就足以讓她感到某種觸動，於是朵拉兩手各撫摸著雙方的頭頂，如此說道：「謝謝你們。」
由於身高問題，她得踮著腳尖、把手舉直才能摸到男人的頭頂，這讓畫面顯得有些滑稽。可能是因為話被突然打斷的驚嚇與羞赧感，男人在呆了幾秒之後就頭也不回地跑掉了。而沃夫也回過神來，他一臉難為情地請朵拉停止這種行為後，又轉頭面對他唯一的親人。
「盧卡叔叔，您剛才有什麼事想說嗎？」
「孩子……」對方看著沃夫年幼的臉，又看了一眼穿著可疑的朵拉，苦笑著說道：「進來談吧。」隨即招呼兩人進入自己的交易所。
裡面同樣是由石材裝潢，但壁面似乎都有經過特殊處理，所以不像沃夫的小石屋那樣潮濕悶熱，對朵拉而言算是相對舒適的環境。

兩人被盧卡帶到一張石桌前，但這桌面是根據成人的身材設計，對朵拉還有沃夫而言顯得偏高了，所以他又為兩人搬來了稍高點的座椅。

「有陣子沒搬出這種椅子了，幸好還有備用的，」他坐下並對沃夫問道：「你似乎也有什麼事想跟我說的？」

「叔叔，我達成約定了，以後我可以常來了，對吧？」

「根本就沒有什麼約定！都是馬爾特那傢伙的自作主張，還有，你怎麼不直接來跟我確認！」

盧卡一想到這事就來氣，他最忠實的員工竟然差點害死了他的姪子。

馬爾特——那名消瘦男人從這間店開業起就在跟著他了，說實話他不是什麼壞人，在許久之前，他可是有著容易相處、最勤奮員工等好名聲。但從沃夫出生以後，他偏激的部分就愈加顯露。

之前頂多盡量不讓他倆見面，但這次他做的實在太超過了！盧卡看向陷入沉默的沃夫，臉色又轉為慶幸：「算了，我很高興你沒事。」

「叔叔……那個約定真的不是你吩咐的嗎？」

「絕對不是！」

聽見盧卡叔叔斬釘截鐵地回答，沃夫卻還是想要再確認一次：「我以後真的可以常來了嗎？」

「當然可以。」

看到叔叔好像沒有在生他的氣、而且以後也可以常見面了，沃夫長期緊繃的精神總算放鬆下來，整個人也顯得昏昏欲睡。

「今天你就住這裡，快去休息吧。」盧卡花了點時間把沃夫哄進裡面的隔間，隨後在石桌另一端坐下，與朵拉嚴肅地面對面。

「旅人嗎？只有妳一個？」

她點頭。

「可以讓我看看妳的臉嗎？」他也對朵拉可疑的穿著有些在意。

朵拉搖頭。

「不能讓人看到臉，是宗教原因嗎？還是其他的？」

「不適合。」

「不適合？」盧卡皺起眉頭：「如果失禮的話我很抱歉，但這可不能算是解釋。」

獨自一人沿著奇蹟的鐵軌，在這充滿災厄的世界中行走，這本身就是非常不可思議的事，更何況朵拉身上的衣物也幾乎沒有耗損與污漬，這令盧卡不得不懷疑她的說辭。

太可疑了。他又道：「妳是怎麼和沃夫那孩子認識的？」

「那時他正被異物襲擊……」

「然後妳就救了他？妳以為我會相信嗎？」看著她即使套上厚衣服也顯得窄小的肩膀，盧卡嚴肅地說。他姪子的處境本來就不是很好了，如果這次他真的把有害人士帶進這裡，那後果簡直不堪想像。

「……」朵拉什麼都沒說，只是伸手往桌角一捏。

石屑崩落，桌子的一小角被她的手指捏下，並在搓揉中化為粉末。

「我了解了……」他露出驚訝的表情：「妳的確有能力做到，我真不敢想，如果那孩子沒碰到妳會變成怎樣。」

「謝謝妳。」

盧卡直率地對朵拉低頭致謝。

看起來他還是相當關心沃夫的，但也就因為這樣，才讓朵拉有所不解。

「為什麼？」

「嗯？」

「他還住在那裡。」

盧卡也知道那個小石屋，他搔搔腦袋，顯得有些懊惱：「那其實是他自己提出的，說來有些慚愧，但妳願意聽聽嗎？」

朵拉點頭。

「起因是他的護身符。」

「兵籍牌，」朵拉說：「那是兵籍牌。」

「對，記載說是以前軍人的東西，」他呡了口水：「這類東西被發現時，上面常常早就刻著舊印，像這樣古老且本身就帶有奇蹟之符的物品，大家都相信它們具有某種力量，所以很搶手。」

「而這也是本店的主打商品之一。」他邊說著邊從牆邊架上拿下一個「護身符」。同樣是刻著舊印的金屬銘牌，但底下完全沒有軍隊編號的痕跡、表面看起來也沒有磨損，應是最近才打造出來的。

「贗品？」

「對，現在流通的大多是這種東西，只要刻著舊印，哪怕沒有效果也能作為寄託。」

「他的是真品。」

「沒錯，所以那可有價值了，真品的護符可不多見，」感覺到朵拉隔著兜帽射來的視線，他忙道：「請別誤會，我可沒打他東西的主意，畢竟那也是我祖先的東西。說實話，我更希望他能一直戴著它，如果先人的庇佑只能賦予一個人，那像他這樣的孩子肯定是最需要的。」

朵拉點頭，又歪頭。

盧卡看出了她的疑惑，又接著說：「從老人家過世以後，那孩子都是我在照顧的。而最近營收一直不好，他或許是想趁這機會報答吧？所以想把身上唯一有的東西——那塊護符送我，我當然是一口回絕了！但這似乎讓他覺得我認為它是沒價值的，所以……」

「他想要證明？」

「就是這樣，為了證明那是『有效的護符』，他決定自己搬出去住，那孩子倔強得很，我也只能由著他去，不過可能也因為是個孩子吧，他之前還是會常來找我，」他按著額頭：「真是丟臉，但當我看到他的眼睛——妳一定不會相信，那時我都差點喘不過氣。」

忽然間，朵拉想起了那時與沃夫重疊的士兵影像。

「啊！」

「什麼聲音？」聽見沃夫的驚叫，盧卡馬上去裡面一探究竟。

朵拉也跟了上去，而裡頭的景象——

在那裡的，是名為馬爾特的高瘦男人，還有沃夫。

極短暫的瞬間，兩人正好目擊了事情的發生。

他把沃夫踢倒，後者的後腦杓重重撞擊地板、隨即暈了過去。只見馬爾特又從腰側抽出一把短刀……

「你這渾蛋！！」盧卡呆了一瞬，然後大吼，握緊拳頭便並直往馬爾特那衝去。

「等等。」

但這被朵拉制止了，她將左臂橫向伸展、攔在盧卡面前。

「讓我過去！」僅有一米多的距離，盧卡的拳頭卻完全觸及不到馬爾特，這情況實在讓他憤怒不已。

「老闆，我這也是為了大家好，」馬爾特看著倒地的沃夫：「他可是流著那個民族的血啊，如果不這麼做，這裡遲早會變成地獄的！他不能繼續活著。」

「他只是個孩子啊！他沒做過任何壞事！」

「那被他祖先所殺的人呢？我前幾代的那些長輩呢？誰要為那些被殘忍地殺害的、那些憤怒且悲傷的先人們負責？」

「說實話，那時發生的事已經沒有詳細記錄了，但就只有這個不祥的外貌！」他看著沃夫的目光依然充滿憤恨：「只有對這個民族的憤怒，在我家族一代代傳承了下來，只是一種感情能流傳到現在，這不就證明了他們是多麼可怕的惡魔嗎？」

「這只是你的執著而已！」盧卡用盡全力想衝開朵拉的阻攔，他的身體發出肌肉與骨骼互相擠壓的聲響：「別做傻事，只要你放下刀、保證不傷害他，以前的事都能繼往不咎。」

「老闆，我已經有心理準備了，在這之後你殺了我都行，但是現在我一定要解決這小子，」他面色一變，把目光轉向朵拉，笑道：「雖然不知道妳為什麼要幫助我，但我得謝謝妳，畢竟老闆的力氣可比我大多了。」

他在說最後一句話時的神情，盧卡在沃夫出生之後就沒再看過了。

彷彿回到剛開業時，他在旁邊一面辛勤工作、一面說著笑話的時光。回憶與現實巨大的反差更刺激到了盧卡：「為什麼要攔我？妳之前不是才救了那孩子嗎？為什麼現在不去阻止他。」

「……」朵拉沒有回話，只靜靜地將頭轉到一個角度，盧卡發現她轉向的地方掛著一道黑影。

馬爾特將刀舉高過頭——

然後在這一刻，時間好似停止了。

由家族傳承下來，對金髮碧眼的憎恨。

對老闆兼好友之人的，深深的歉意。

來自於本能的，將殺害小孩的罪惡感。

從未來的災難中拯救這地方的使命感。

終於能告慰祖先的喜悅。

神聖的污濁的高潔的自私的情感，這一切的一切，在刀尖將要刺下的瞬間達到了最高點。

而這就是人最脫離人類範疇的剎那。

從天花板的角落傳來濕濡的爬行聲，蠕動的觸手瞬間伸長並纏住他的頭部，而當觸手縮短拉動它的本體，這怪物也跟著吸附在馬爾特身上。

由沃夫帶著，原本預計過會就處理掉的、本應死去的異物半身，此刻重新開始活動，它呈團狀的身軀探出無數觸手，幾根緊緊纏繞著他的後背以固定自身，其餘的則迅速襲向馬爾特的頭部。

「唔……唔啊……啊啊啊……」

首先是彷彿溺水者般的呻吟，刀從馬爾特手中掉落，在異物帶來的影響下，他的兩手緊緊扼住自身的咽喉。

「啊啊啊啊啊啊啊啊啊啊啊啊啊啊啊啊啊啊啊啊啊啊——」

緊接著是淒厲的絕叫。

眼睛。

鼻子。

耳朵。

嘴巴。

它的觸肢先經過兩到三次分裂，便直接插入馬爾特頭部的所有孔洞，在抵達內部後又開始了無數次分枝過程，最終這些細小而數量龐大的觸肢，就從他大腦的最深處開始浸染。

這頭異物已經死了，即使進食也無法復生，而後僅存的本能便讓其將所剩的一切——那汙穢的血液與精華，全數灌注到喚醒它的生物體內。

眼睛被戳瞎、耳膜被穿刺，無數觸肢在腦殼裡蔓延扎根，這帶來的是地獄般的苦痛、與作為生物的降格異化。

在盧卡震驚的目光中，這名熟悉的老員工兼老朋友，已經失去了人類應有的形體。

異物並沒有傳染能力，如果沒有眷屬或舊日在附近，那麼異物的數量是不會改變的，但這並不包括眼前的狀況。

這只是一個異物變成另一個異物而已，對異物之所以是異物的成分而言，這只是換了個軀殼，從植物、野獸——到人類，均毫無差別。

「唔吼吼吼吼吼吼吼吼吼——」

於是馬爾特變成了怪物。

那是介於人與野獸之間的姿態。

「這些生物不能稱為完整的人類，但很多地方卻都與人類相近。它們用兩足直立、身體前傾，看起來就像一群狗；那彷彿膠皮一樣的皮膚，使人心生厭惡。」

——H．P．洛夫克拉夫特，《皮克曼的模特》

這是先知在他的著作中，對名為食屍鬼的生物所做的描述。它們的腳像蹄子、臉部像狗，還長著尖尖的爪子，由人類轉化成的異物大部分都是這種姿態。

牠們如膠皮般堅韌而富有彈力的皮膚，讓每個動作都帶有彈簧般的縮放力道，這給了其快速移動的能力、還有不亞於猛獸的爪擊力量。

除了符合食屍鬼名稱的咬噬，爪擊就是牠最主要的攻擊方式，而此時牠的對象就是躺倒的沃夫。

太快了。

擁有巨大力量、精確的控制與堅固的鋼鐵之軀，但朵拉唯一不擅長的就是腳程。

列車砲本就不需要良好的機動性，一直以來，她都只要在適當的距離內，用槍砲把敵人消滅在鉛與火的風暴中便可，而這特性也好好地體現在人形體上。

她沒法從行動迅速的食屍鬼手中救下沃夫。

那銳利的鉤爪，只要接觸到就能把沃夫開膛剖肚。

「唰——叮——」

利爪的破風聲後，卻沒有傳出預想中的肉體撕裂聲，取而代之的卻是硬物與金屬撞擊的清脆聲響。

沒剩多少智能的馬爾特不明白為什麼會發生這種事，自己的爪尖竟然被彈開了。

它愣了一下，而這時朵拉的攻擊也到達了。

「噗」就像瓜果被硬物敲開的聲響，食屍鬼的頭部被朵拉一擊擊碎，但由於它富有彈性的皮膚，裏頭的東西並沒漏出太多，粉碎的腦殼與稀爛的腦漿、髓液還有血漿全都包在那薄薄的頭皮內，在它倒地時撞出水袋似的聲音。

盧卡馬上過來確認沃夫的安危，幸好他只是昏迷，但胸前戴的護符卻在馬爾特的爪擊下斷成兩截，也是這救了他一命。

「這個白癡。」盧卡把沃夫搬到其他房間的床上，隨後回到馬爾特食屍鬼化的屍身旁，並對著屍體罵道。眼神掃過他腰上別的鑰匙，馬爾特肯定是用員工鑰匙從後門溜進來的。

「有效的護符……嗎？」眼神複雜地撿起落在地上的下半截護符：「如果真是這樣，在那個世界你會需要它的。」

「希望沃夫能原諒我這麼自作主張。」盧卡自言自語著，把這半截護符塞進馬爾特左胸前的口袋，而後便拖著這具猙獰的屍體，到外頭去了。

朵拉聽見外面傳來挖土聲。

盧卡埋葬老友時，會是什麼心情呢？

比起將怪物的屍體歸還給馬爾特的家屬，不如就地掩埋，當成失蹤處理。比起讓別人都知道馬爾特是自食惡果，不如讓身為友人兼老闆的自己送他最後一程。比起讓他被以處理異物的方式焚燒，不如讓其回歸大地母親的懷抱。如此一來，至少對盧卡以外的存在而言，他到最後都還是人類。

鏟子揮下、土石鬆動的聲音一下接一下傳來，當它停止時，朵拉模糊地聽到哭聲。非常微弱，卻彷彿撕心裂肺般的咽嗚。

「……」

她打算再待一晚，明早就離開這個地方。

「請收下這個！」

早晨，當朵拉踏上鐵軌準備離開時，身後傳來男孩的聲音。轉頭，沃夫就站在那裡，他張開的手心上，是剩下的上半截護符。

朵拉伸出手——

把沃夫的手心闔上，並推回胸前。

「請收下吧，雖然只剩半個，但這也是『有效的護符』啊！」

「我知道，而且他已經跟我道過謝了。」

「他？」

朵拉把目光聚向沃夫身後。

在那裡的，是一名帝國士兵，他正伸著食指靠在唇邊，模糊的臉上，卻給人一種在請求的感覺。

朵拉點頭，不再多說什麼，只是抓著沃夫的衣領，輕輕一拋，他就落在附近的屋頂上，憑沃夫自己一個人是下不來的。

沃夫氣得整張臉發紅，他身後的士兵則是捧著肚子大笑著。

「哼……」朵拉發出連她自己都沒意識到的、幾不可查的笑聲，朝他們揮了揮手，便踏出腳步，沿著鐵軌離開。

——————————

朵拉今日註記：聽說在硬餅乾裡混入鐵釘，吃的人並不會發現。

叁章　莫洛托夫雞尾酒

天氣有些冷了。

朵拉一路往北行進，很不幸地，由於地處高緯加上季節因素，這區域的郊外鐵路時常處於被雪堵塞的狀態，所以像她這樣的「鐵路旅者」，自然無法像往常一樣霸佔著兩道鐵軌。實際上，由於自重的關係，她走得更加小心了，以免直接陷進被冰雪掩藏的溝壑。

但至少這極端天候下，她厚重的穿著不會顯得太突兀。

肢體運動有點滯礙感，早知道就先往油箱裡多倒點防凍液了。朵拉想著，從外套口袋掏出一支金屬瓶，拉下圍巾並仰頭將裡面的液體一飲而盡。

這是在上個經過的廢棄站點找到的，在沒有防凍液儲備的情況下，朵拉認為它是合適的替代品。

40％高濃度酒精飲料，馬鈴薯釀製，更直接的說法是——伏特加，這東西雖不是正規用品，作為防凍液卻有著還可以的性能；兩者本來就是很相近的東西，據戰時東線友軍的傳聞，在沒酒喝的時候，蘇軍甚至還會喝配給到的車輛防凍液，美其名曰「互相幫助」或「自給自足」。

說實話，朵拉有點羨慕那樣的關係。

車與人——就這樣成為了酒友，戰爭時期雖不乏殘酷，但人類總有辦法在其中找到同等程度的幽默。

哪怕那些幽默其實也是一種殘酷。

車輛防凍液根本不適合生物飲用，但在沒有明天可言的戰場裡，對那些坦克兵而言，因毒素而早死幾年這件事根本無關緊要，更迫切的是當下有沒有酒喝；如果沒有，那和T-34共享一箱飲品似乎是很合理的選擇。

無論如何，她都沒有親身經歷，朵拉作為高價的、帝國研發的秘密武器，從來都是享受著嚴謹周全的整備服務，而缺乏幽默感的帝國軍人也從不往她的油料裡灌非軍規添加物，要知道在那時期，她的動力系統是非常精密且纖細的。

而在人類文化裡，酒精一直都起著別樣的作用。

所以她有點好奇，與人共飲到底是什麼感覺。

把喝空的鋁瓶嘎吱嘎吱地嚼碎吞下，朵拉邁著小巧的步伐，在雪泥地上踏出一個個深印，忽然間，她感覺到鐵軌上傳來了震動。

她拉起圍巾並在臉上多纏了一圈，停下腳步望向來者。

陸輪沿鐵軌滑過的聲響，與軸承轉動的嘎吱聲一起傳來。當那黑影進入朵拉視野時，能聽到上頭的乘客發出「哎呀」地一聲，隨後停了下來。

他也穿著厚重的外衣、戴著圍巾與墨鏡，但從身形與嗓音，可以判斷出他是位中年男性。

「這時候還有旅人？」男人跳下他的載具，拿下墨鏡打量著朵拉，並問道：「真稀奇，需要載妳一程嗎？」

沒有理由拒絕。朵拉點頭，於是隨他上了載具。

這是一輛手搖式四輪車，底盤很低車體也很小，也就正好兩人各站在一端的程度，朵拉想這是輛礦工車，純靠簡單機械原理與人力驅動，維護簡單、不耗油，作為北地鐵道上的個人載具再合適不過了。

她上車時，重量導致車底盤被往下壓了點，但對方沒有發現，倒是他想再次搖動鐵桿時出了點問題。

「潤滑又不夠了？我出來前才上油的啊。」他嘀咕著，從旁提起滴油瓶，準備下車解決問題。

「和軸承沒關係。」女孩聲音入耳的同時整台車便開始移動，嚇了男人好大一跳。

朵拉同樣作為載具，能感覺到這輛車簡單的結構也讓它結實得過分，完全可以承受自己現在的重量，卻也導致男人難以克服激增的阻力。

所以她決定自己搖驅動桿。

「雖然回站點後我還是得找出問題，」男人有些敬佩地看著這景象：「但看起來妳已經解決了，妳……」

「我叫朵拉。」

「呃妳好，我叫塔爾卡，」他遲疑了一下，問道：「妳似乎不是很想聊天。」

「你怎麼會這麼想？」她的口氣四平八穩，甚至可以說是毫無起伏。

聽聽這語氣。他苦笑著說：「以前遇上的旅人，總會主動分享旅途的故事，我也很想多瞭解其他站點的事。」

「沒什麼好說的。」朵拉搖頭。

「失禮了，」嬌小——甚至可以說是幼小的體型，加上那種凍結般的態度，很容易想像她可能經歷過不好的事，塔爾卡語帶同情地說：「真難想像妳是怎麼過來的，要來一點嗎？雖然味道挺糟……」

他說著，遞出一個水瓶，瓶口飄出強烈的藥草味，大概是暖身用的飲料。

「沒關係，」朵拉推辭，又說道：「你又是為什麼出來呢？」

「我是一名『護道者』，負責清理鐵路。」

「不是宗教人士嗎？」

「真奇怪……」

「？」

「我曾爺爺也是這麼說的，為什麼有人會把護道者當成宗教職業呢？護道——保護鐵道，怎麼會和神扯上關係？」塔爾卡聳聳肩：「總之我是出來巡視的，剷雪、看看鐵道附近有沒有異物，這就是我的工作。」

「不過這季節，地表上也沒什麼活物了，輕鬆得很！」他哈哈笑著，整個人靠在車邊緣的欄杆上。

「護道者」，又學到了一個新名詞。滿足自己的好奇心後，朵拉又盯著軌道車的行進方向，接下來的路似乎都是下坡，沒必要再搖桿了。

有點冷。她又從外套內拿出一個鋁瓶，轉開瓶蓋的瞬間，她聽見塔爾卡的大叫。

「那是我想的東西嗎!?」

朵拉把瓶子遞給他，塔爾卡全身顫抖著把鼻子湊近瓶口。她肯定那顫抖絕對不是因為寒冷。

「真的是！！」塔爾卡整個人都激動到要跳起來了，連連喊著：「伏特加！真的是伏特加！」

他又望向朵拉，得到默許之後迫不及待地拉下圍巾，小心翼翼地啜了一口：「這真是……這真是……」

「這鬼東西完全不能比啊，」塔爾卡把他剛剛拿出的水瓶塞回外套裡，灰藍色的瞳仁裡滿是喜悅：「這才是真正的酒啊。」

那表情就算從朵拉的角度來看都非常精彩，如果這瓶東西能讓他如此高興的話，就送給他好了。

再拿出一支鋁瓶，朵拉擺了個手勢，塔爾卡彷彿怕她反悔似地瞬間把瓶口湊到嘴邊，但接下來的動作就只是用嘴唇沾了又沾而已。

朵拉低頭拉開圍巾，在不被看到真面目的前提下小口啜飲。

「……」

風聲、行駛中微微的顛簸、喀拉喀拉的陸輪摩擦聲。今天沒什麼風雪，一道陽光從遠處的雲層空隙降下，兩者就身處這一切之中，感受著、小酌著。

「不過說到酒的話，」過了會，塔爾卡輕聲說道，眼神似在回憶遙遠的往事：「很久以前有人跟我說過，這世上存在著一種幻酒。」

「幻酒？」

塔爾卡點了點頭：「夢幻佳釀、幻之銘酒，據說它甚至有弭平戰爭的力量，妳可以想像嗎？仇敵坐在一起，喝了點美酒，均被其美味所折服——從此不再互相討伐。」

弭平戰爭。

朵拉搖頭——那是不可能的。

作為被製造出來的戰爭機器，可以說是與生俱來的本能，她一直在旅途與朦朧的回憶中找尋有關戰爭的歷史，雖然除了帝國外都相當零碎，但她還是很明白一件事實。

人類有無數種理由掀起戰亂，結束它的方法卻少得可憐。

那就是勝利，或者戰敗。

持續付出巨量的資源與人命，直到這兩者之一降臨，戰爭才算結束。

能被美酒終結的戰爭，那根本就不是戰爭。
反過來說，能讓真正戰爭結束的酒，不可能存在。
「怎麼？妳不相信？」他笑著說：「的確，聽起來就跟神話故事一樣。」
「那種酒，有名字嗎？」朵拉問。
「莫洛托夫雞尾酒。」
「是嗎……」朵拉頓了一下，還是說：「你真的相信嗎？」
「不然呢？」塔爾卡把酒瓶珍重地收進外套內側的口袋：「還有什麼可以用來相信的？」
「……」
「……」
這之後，兩人不再說話，只隨意看著軌車的行進方向。
隨喀啦喀啦的行駛聲，這台小車愈駕欲低，四周景色也開始變得昏暗。而後一個半圓框籠罩，光線終於消失。
他們駛進隧道之中。
「它們」就在那裡。
斑駁的洞頂上。
破碎的管道裡。

半開的閘門後。

樓梯的殘骸間。

徘迴著、潛伏著，本無目的四處遊蕩的「它們」，如今注意到了「什麼」。

首先是沿鐵軌傳來的震動。

其後是於幽暗的隧道中穩穩移動的、煤油燈的光芒。

那光芒對四周無盡的黑暗來說實在太過渺小，但對於長久居於地下隧道的「它們」來說，簡直比燈塔還耀眼。

通常來說，光芒讓它們眼睛刺痛，而那獵物又分量太少、還有傷害它們的手段，行動全憑野獸本能的它們，除非飢餓或被威脅，否則不會刻意去接近。

但這次有些不同。

那個存在……有個什麼東西，像是同類，量級卻完全不同的東西。那東西在威攝它們。

非常接近於挑釁的威攝，激發它們本能的凶暴，但同時也感到退卻。

想靠近又不敢靠近，本能同時傳來兩種聲音，於是它們僅只是跟著光源移動。

是有警戒心的嗎……朵拉聽到暗處傳來不少細微足音，和幾乎沒有本能的植物、與由本能被壓制的人類所變的異物，它們純粹的攻擊性不同，獸類異物仍保有強烈的動物性，這也是麻煩的地方。

它們雖會被威攝、但一旦真的感受到危險，就會暴起反擊，而這種微妙的平衡是很容易被打破的，到時便是一場**災難**。這也是朵拉從不在駐點逗留太久的原因，通常不超過兩天她就得離開。

而在這地下鐵裡，它們的數量遠比地面要多，這是朵拉沒預想到的。

不，早該想到的。

因為地表異物稀少，就判斷整個區域都一樣，這實在太過草率。

「你平常就一個人出來巡視？」

「對啊，有時候會被襲擊，但我總能擊退它們。」他提起車旁的汽泵槍，作勢朝車外瞄準。

朵拉聽見這在它們中引起了小躁動，她壓下塔爾卡的手臂，同時看著那把「槍」。

明顯不是制式裝備，而是由氣罐、鐵管和加壓手柄等物改造出來的裝置，而子彈則是鋼珠。

粗糙但有效。朵拉想。

與德意志大相逕庭，蘇俄的裝備大多都是這樣，單品低性能但易於生產，說是徹底的實用主義，很多時候卻只是湊合、然而意外地堪用。

或許人也是這樣吧。剛才塔爾卡舉槍的樣子獲得了朵拉的肯定。

如果不強，也無法擔任這種工作。

「別動，平常你或許能……」朵拉小聲說道：「但現在不同。」

「什麼？」塔爾卡愣了愣，靜下心來後，他顯然也聽到了那些聲音：「等等……妳是對的，不要動，到站前我們都別出聲。」

他臉上浮現出戰士的表情，屏氣凝神，扛槍穩穩地站在軌道車邊緣。

它們就潛伏在煤油燈照不到的陰影裡。塔爾卡汗毛倒豎，他能感覺到無數噁心的視線。

正被打量著。

正被審視著。

它們就在那裡。

腦海浮現的想法讓人頭皮發麻，塔爾卡已經很久沒有過這感覺了。

繃緊神經、嚴陣以待，直到數分鐘後，前方漆黑的隧道出現一個光點。

塔爾卡拿起煤油燈，以固定的節奏翻動遮罩，而後對面的光點也以同樣的頻率閃爍。

隨他長呼一口氣，礦車緩緩接近光點，直到朵拉能清楚地看見那扇厚重的、彷彿硬是嵌在隧道中的鋼鐵閘門，其偏右上位置延伸出一座小平台與活門，此時有另一位男性從那探出半個身子，他手裡也拿著一盞油燈。

「你回來了……還帶了訪客？真少見，快進來！」

那男人縮回活門內，隨一陣響動，閘門緩緩打開，露出內部的景色。

而塔爾卡則面對著朵拉，一只手往閘門打開方向平攤：「歡迎妳——」

「來到『我們的站』。」

亮光。

大部分都是油燈的光芒，它們照亮了這個小小的群落，自從災變以後，朵拉已經很少看到這麼多人造光源了。

裡面就是一個地鐵站的格局，不過月台、柱旁包括樓梯間，都用鐵皮拼板隔出了一個又一個生活空間，濃重的鐵鏽與煤油味充斥整個站點。

她能看到有人在生火煮食、有人在販賣物品，有人則靠在立柱旁低頭打盹。

塔爾卡把車駛進軌道旁獨立的停放區，便領著朵拉下來。

「這就是我們生活的地方了，」塔爾卡說著，指向一個隔間，那裏坐著一位老人，他面前擺放著許多物品：「如果妳身上有什麼用不太到、但有價值的東西，可以去找老伊萬交換補給。」

朵拉點頭，她在想能不能得到一些燃油。如此多的油燈，這裡的燃料量想必非常充足。此時另一位背槍男性正呼叫著塔爾卡，於是她與他告別後，便朝老人走去。

「是旅行者嗎？」老人用嘶啞的聲音說道：「幸會，我是這裡的回收商，大家都叫我老伊萬。」

「回收商？」

「我活得夠久了，撿了夠多的垃圾，年輕人出去找資源、撿了些垃圾，再回來交換我的垃圾——再沒用的東西都可能有需求，而我的工作就是想辦法讓這變成雙贏的局面。」

朵拉看了眼檯面上的東西，一些金屬罐、鋼珠、皮製品與針劑，都對她沒什麼用處：「有其他東西嗎？」

「妳想找些什麼？」

「燃油，還有彈藥。」

在聽到彈藥時老伊萬有些詫異，不過還是說道：「果然是旅行要用的？」

朵拉點頭。

「妳要到哪裡去呢？」

朵拉搖搖頭：「不知道。」

「『沒有目的的旅行』？這年頭很少見到浪漫主義者了，但……」他盯著朵拉：「妳不是，對吧？」

「當然。」

浪漫主義，除去在大後方產出的諷刺詩，這是與戰爭兵器最搭不上關係的詞彙。

「妳看起來很迷茫。」

「我嗎？」

「我看得出來，孩子，妳沒有追求。」

「追求？」

「物資、權力、安定的生活，哪怕是現在，只要是人類，總有一些能稱之為目標的東西。」

只要是人類……嗎？朵拉搖頭，她不是人類，只是對人類感到好奇而已，她想知道自己的造主，在經歷這一切後會以什麼樣的姿態生存，從開始到現在，他們有什麼樣的——追求？

目標、追求、信仰、相信。朵拉把這記了下來，它可以解釋許多人類的行為。

「人老了就變得囉嗦了呢，抱歉，妳可以把這些都當成老傢伙的胡話，現在重要的是，」看著正在沉思的朵拉，老人搓了搓手指，又道：「妳要的我都有，但妳有什麼能交換的？」

朵拉把手伸進外套裡摸索著鋁瓶，她在上個站點搜刮了不少。

「等等！別在這拿出來，」剛看到瓶口，老伊萬就緊張地制止朵拉，並凝重地東張西望，生怕有人看到這一幕：「進來談吧，東西都在裡面。」

隨老伊萬走進鐵皮隔開的房間，裡面顯然是一間倉庫，各種物品堆得滿滿都是，僅在角落鋪著一張破舊的床墊、一旁擺著小小的油燈，昏黃的光線孤獨地照出無數剪影。

這裡有百分之九十的空間都被雜物占據，朵拉可以想像，這個老人就躺在那，成天與破銅爛鐵為伴，同樣付出了百分之九十的生命在它們身上。

而他剩餘的生活，就只有那張床鋪了。

「別這樣看我，這可是我的追求，小姑娘，」他嗤笑道：「妳可能沒經歷過資源匱乏的時候，我說的資源匱乏——是指明明有資源，卻不曉得如何利用，人們把寶山丟在一邊，哭叫著活不下去，我年輕時有不少同伴就是這樣死的。」

「資源一直都很匱乏，不是嗎？」

「是，也不是，」他從架上抽出幾個油桶：「資源一直都在，只是分為『能用』和『目前用不上，但以後可以』，所以我把所有東西都撿了回來，為了不在某個時候後悔——為什麼我那時沒有拿那樣東西？為什麼需要的時候東西總是不夠？」

「而且就是因為這樣，我才能在這經營愉快的小生意，」他一邊說，一邊從架子底下拉出幾個箱子：「東西都在這了，妳的呢？」

朵拉把酒瓶交給對方。

「果然是！」老伊萬迫不及待地喝了一口：「噗哈——自從撤離後就沒喝過這個了。」

「撤離？」

「那是二十幾年前的事了，我們分布在鐵道周邊的好幾個站點，其中一個是酒廠，應該就是妳拿到它的地方，」他指著鋁瓶上的標誌：「但那裡被異物攻擊了，我們不得不撤退到這，如今我們可沒有多餘的作物釀酒。」

「那這裡原本是做什麼的？」朵拉估算了一下她所在的深度，扣掉這裡的天花板高，上面應該還有很大的空間。

「是工廠，原酒從上個站點送來，經由這裡的機具裝瓶，我們的燃油原本也都是給那些機具用的。」

這解釋了此地燃料充足的原因。朵拉點頭，照老伊萬的意思換了一桶燃油與整箱彈藥，雖然這點油量對她來說很少，但光那些彈藥就夠值了。

她拿的都是.50以上的大口徑，他們並沒有相對應的槍砲，所以很少用到，因此老伊萬雖感訝異，還是給了她不少。

朵拉一手提著油桶、一手提著彈藥箱，正準備道別時，她感覺到了一些東西。

那是非常不好的預感。

她應該要早點走的。

「噹——噹——噹——噹——」急促的搖鈴聲響徹整個地鐵站。

此時朵拉看到有不少人在閘門處集合，他們都戴著粗製的片甲與頭盔、並揹著氣動槍嚴陣以待，另外還有一群人正用砂袋於各處設立掩體路障，而塔爾卡則在後方檢查著幾輛軌道車。

「怎麼了？」朵拉問。

「那群大耗子發瘋了！我們得保住這個站點，」塔爾卡回答：「接下來就是戰爭了，妳得去找個地方躲著。」

戰爭。朵拉對這兩個字起了本能反應，她的語氣仍舊冷淡，語速卻變快了起來：「告訴我敵人的配置，目標是什麼？這裡有多少部隊？你們的指揮官是誰？」

「什麼？」塔爾卡一頭霧水，但還是答道：「這裡是由站長指揮的，能戰鬥的只有五十多人，至於目標……那些野獸就是來吃人的，妳沒聽到嗎？」

聽到？努力過濾人群的喊叫等雜音，她的確聽到了聲音。

那是爪子爬過地面的聲響。

那是難以形容，尖銳刺耳、彷彿無數男女尖叫與獸性混雜的嚎嘯。

朵拉爬上閘門的窺視臺，並往外頭看去。

自陰暗隧道的另一頭湧來，黑影們在燈火的映照下顯出真容。獸群、更準確的說是鼠群，但那也不是普通的老鼠。扣除尾巴，它們每隻都有成人的手臂長，而它們最異常的地方——是臉部、那絕非自然生物的樣態。

人面鼠、或極其類似的種群，在看清楚的瞬間，朵拉對此下了定論。

「他們謠傳說，那細小爪子的骨頭所體現出的抓握特徵更像是一隻微小的猴子而不是老鼠。而那個有著兇猛的黃色長牙的頭骨則最為怪異和反常。從某個角度看起來，那就像是對一個人類頭骨的微縮、可怕、墮落的拙劣模仿。」

——H・P・洛夫克拉夫特，《魔女屋中之夢》

這種生物在記載中原是由死去邪教徒被浸染後的產物，但現在看起來，它們更像原身是地鐵老鼠的變異體。

並非人類降格成的野獸，而是野獸擁有了人的部分外型特徵。

尖銳的牙齒、極強的咬合力、相當程度的本能智慧，加上這種數量，朵拉不認為塔爾卡他們能靠常規手段守住這裡。

那麼「非常規」呢？

朵拉搖頭，自己那龐大的身軀，在這狹小的地鐵站裡將毫無用武之地，而她人形的靈活性也不比這裡的任何一位戰士要好。

兵力只有五十左右，裝備也說不上精良；而朵拉估算鼠群少說有上千隻。

一比二十、甚至更多？朵拉只是兵器，不是士兵更不是指揮官，但即使如此她也知道情況不容樂觀——可是這有關係嗎？哪怕是最糟的狀況也影響不到朵拉，她大可以直接離開，那些人面鼠根本咬不穿她的裝甲。

不。朵拉想，她得協助他們。

因為無論如何，這是「戰爭」。

而她，是「兵器」。

朵拉跳下平台並往回跑，推開人群、轉過廊道，就這麼登上往二樓的階梯……

塔爾卡現在非常緊張，甚至到了恐懼的程度。

現在的情景，讓他想起了自己年輕時經歷的噩夢，那場令他們死傷無數、不得不放棄原本站點的災難。哪怕撤離到了這裡，經過了這麼多年，還是逃離不了同樣的命運嗎？

他端槍瞄準暫時被擋在閘門外的鼠群，但隨即發現根本不用瞄準，它們的數量就是多到這種程度。

宛如在向湖泊開槍般，閉著眼睛都能打出水花。

一模一樣……

已經能看見它們有一部份開始衝擊閘門了，他花了一整梭鋼珠勉強打下幾隻，但仍有更多人面鼠加入撞擊的行列。

和那時一模一樣！

塔爾卡幾乎可以預見到，再過不久鼠群就會衝進站點，瘋狂地啃咬它們所見的一切。而這次甚至不會有倖存者，這裡是酒品生產線的最後一站，這意味著最近的站點起碼有十數里之遙。

與戰友們互看了一眼，他也在他們眼中看見與自己同樣的恐懼，但所有人仍在奮力反抗，他俐落地換好彈匣，繼續朝鼠群射擊。

「開槍、開槍！到最後一顆子彈都用完為止！之後就給我上刺刀吧！」站長在射擊的同時大喊。

塔爾卡知道他沒開玩笑，異物的生命力頑強得可怕，即使是這樣不比小孩大多少的生物，在停止衝鋒之前也能挨上十幾發鋼珠，就算閘門能把它們完全擋住、並把整個站點的彈藥都打出去，也只能除掉眼前的一半。

此時撞擊閘門的鼠群已經有數十隻了，那震動讓堅固緊閉的門軸結構都有了些鬆動的跡象。

還有零星人面鼠擠上了塔爾卡所在的側面高台，他抽出戰壕刀猛刺，鼠血飛濺的同時再用刀柄銅環指扣敲擊另一隻，它嚎叫著落下，塔爾卡趕忙再往下方補了幾槍。

絕對要守住「我們的站」！

根據站長的指示，與閘門上方和己方、對面平台上的戰力共同組成U形火網，三十餘人從三個方向擊發的子彈起到了極佳的攔截效果。
但還不夠……
作為站點裡單人戰力最高的護道者，塔爾卡很少感到如此無力過。現在仍不斷有人面鼠鑽出火線衝擊閘門，且射擊平台也在它們的進攻下岌岌可危。
很快地，由鐵皮與鋼筋搭成的立足點開始鬆動，隨底下的支撐零件掉落，塔爾卡與同伴腳下的平台逐漸瓦解。
「快撤！」
他大吼一聲，便與幾位戰友往閘門上方留出的活門跑去，側邊平台幾乎就沿著他們的腳後跟坍塌。
「薩沙！不——」
隨一聲叫喊，仍有人來不及逃回站點，塔爾卡親眼目睹朋友隨平台跌落、掉到下方的鼠群之中。
那慘叫從淒厲到微弱只經過了一瞬，鼠牙穿破喉嚨，鮮血四散的同時鼠群也淹沒了他，撕咬肉體與骨骼的聲音很快地又被槍響掩蓋。
嚴密的防衛已經告破，即使眾人仍不停開槍，但缺失一側的火網也再難以攔截鼠群的衝擊。
外部防禦以預料之外、情理之中的速度陷落，躲回站點內的塔爾卡又看見一隊人撤了進來，接下來就連正面槍手也撤回內部，槍聲消失，早已待命的人員拖著乙炔罐迅速把活門焊死，現在那面厚重的閘門已經是阻擋它們的最後手段了。

此時仍有許多人在想辦法加固門軸、甚至推著重物想把它壓回去。看著這景象，塔爾卡從懷裡拿出酒瓶，狠狠灌了一口，即使今天就是最後一天，只要有酒喝，那也不算太糟。

酒精溫暖了他因恐懼而凍結的血流，塔爾卡把瓶子交給了同伴，對方喝了一口，又把它傳給下一個人。

今天站在這裡的勇士，都值得這一口伏特加。

沒人能看到外面的情況，但各種嘗試在愈來愈大的撞擊力前顯得愈加無力，門邊已經露出一絲縫隙，鼠群恐怖刺耳的咆哮穿過警報、響徹整個站點。

真可惜……塔爾卡想著。他會死在這裡，再沒有機會去完成夢想。

成為護道者，冒著生命危險踏出地下，他只是為了一個傳說。

幻之銘酒，那舉世無雙的甘醇佳釀。

如果能喝到一口、哪怕一口，那該有多好啊……他搖動手柄為槍加壓，將準心瞄向被撞開的縫隙，那裡已經有幾對鼠爪子穿進來了。

即使明知必死，但他保護此地的決心仍沒有動搖。

塔爾卡忽然想起今天遇到的旅人，那麼小就得在這迎來旅程的終點，感覺還挺對不起她的。

如果自己有女兒，大概也會是那個年紀吧？

塔爾卡搖搖頭，人在臨死前總會胡思亂想，現在他相信這個說法了。

終於，隨著又一聲巨響，閘門被撞開了足以讓它們通過的縫隙。

在第一個鼠頭露出的瞬間，他扣下板機——

——但比這更快的，是一支玻璃瓶。

帶著火光的瓶口，在空中劃過一道閃耀的弧線，它「框啷」一聲撞在首個進來的人面鼠頭上，玻璃碎散的同時燃油四濺，並被布條上的火焰點燃。

烈焰熊熊燃燒，在閘門與牆壁的縫隙間升起一道火牆，這阻絕了鼠群的腳步，並帶給它們極大的痛苦。它們身上的毛髮被燃油浸濕後成了極佳的延燒物；而在火勢變弱時，又有更多同樣的瓶子砸到它們頭上，鼠群前端就都這樣被活生生點燃，它們的尖嘯頓時變成了哀嚎。

塔爾卡一時搞不懂發生了什麼，直到他朝瓶子被丟來的地方望去。

在那裡的，是平民。

那些幾乎不會戰鬥，他們誓死守護的家人親友們，正一個個從二樓下來，每人懷裡都抱著一些玻璃瓶。

「那個旅人小姑娘真是天才！」老伊萬叫著，把布條捲緊，並塞到裝了一半燃油的酒瓶裡：「這些破瓶子已經當垃圾夠久了，現在它們該風光一次了。」

他掏出打火機點燃布條前端，並往閘門縫隙擲去，又是一道火光升起。

對於地鐵居民來說，這東西隨手就能生產，近千個瓶子，經由近兩百居民的手，在短短的時間裡成了克敵利器。

塔爾卡也接過了幾瓶，依樣畫葫蘆地操作，發現它的效率比槍枝好多了。有希望！

短暫的判斷後，求生之火重新在塔爾卡眼中燃起，同時燃起的還有人面鼠身上的火焰，隨著更多人員的加入，他切實地感覺到這站點潛藏的力量，方才的絕望正逐漸扳平。

但也只是扳平而已。

情況仍不容樂觀，他可以預想到接下來將是極度考驗心志的消耗戰，火焰帶走氧氣的同時也帶來龐大熱量，焦黑鼠屍的異臭毫不留情地竄入鼻腔，即使通氣系統全力運作，也僅能將這地下站點的空氣勉強維持在生存線上。

他給手中的氣動槍換了一罐鋼珠，點射著那些僥倖鑽出火牆的老鼠，過了一會，閘門被撞到半開、徹底失去阻攔的功能。

更多凶暴的人面鼠湧進站點，每個人都在死命射擊、丟著瓶子，試圖讓它們燃燒的屍體成為自身阻礙；掩體都被集中到離閘門最近的鐵軌上，要是讓他們衝上月台，那就真的完了。是鼠群先一步衝過這段距離，還是火焰能在此前消耗完它們的數量，這場拉鋸戰持續到地表的太陽降下……

站點勝利了。

塔爾卡虛脫地靠在柱子旁，要不是地板已經倒滿同樣渾身癱軟的戰友，他早就躺下了。

勝利的瞬間是值得喜悅的，但他們付出了太多，多人喪命、更多輕重傷號，站點的防禦資源也幾乎消耗殆盡，他已經能看到自己在地面上頂著致命的寒冷、疲憊又拼命地搜索物資的未來了。

塔爾卡的嘴角勾起一抹微笑，至少他還有未來，還能追求夢想。

不，那夢想已經……

他看著手裡勝利關鍵的酒瓶。

只要點燃布條，然後把瓶子摔碎就好，這東西誰都能用，殺傷力阻嚇力兼備，還能有一定的準確度、比單純潑油點火好多了。

雖然還沒能找到那幻之佳釀，但它可是實實在在地守護了這裡、如字面意思般結束了一場戰役啊！

那既然如此，自己的選擇就只有……

「各位，我有個想法，」塔爾卡提起精神，高舉玻璃瓶並大聲宣揚：「我要把這種武器叫做——

『莫洛托夫雞尾酒』！

以此杯敬犧牲者！」

「敬犧牲者……」

「敬生還者！」

的旅人。

「敬生還者……」

聽著全站有氣無力的哀弔與歡呼，塔爾卡環顧四周，卻無論如何也找不到那拯救了整個站點的旅人。

朵拉提著油箱與彈藥，沿鐵軌離開了「我們的站」。

把燃燒瓶的製作方式教給他們，並觀戰了一陣子，確認那站點不至於毀滅後，她便直接離開。

沒有待下去的理由，倒是有離去的理由。

「奇怪……」朵拉低喃著，自己什麼都沒做，那群人面鼠不應該襲擊過來的，更別說她明明離開了站點，鼠群卻沒有分流過來。

她想這次襲擊多少和自己到來有關，卻不是主要因素。這隧道裡一定有其他東西，朵拉朝鼠群過來的方向走去，她能感覺到某種事物的存在，它正與自己產生共鳴。

「吱！」

腳踝處傳來一股阻力，朵拉低頭，看見一隻人面鼠正咬在那裡。她伸手捏碎它的顱骨，然後隨手扔在一邊。

哪來的？

附近沒有岔路也沒有管道等藏身處，它是從哪冒出來的？

「嘎咿……」

聽到聲音，朵拉往隧道一端的壁面看去，那裡有個微微的凹陷，凹陷處鑲嵌著一扇門扉，鐵門框已經嚴重鏽蝕，原本偽裝用的材料與塗層也早已剝蝕殆盡，看來鎖扣也未能倖免，開出一條縫的鐵皮門輕輕晃盪著，發出刺耳的嘎吱聲。

推開門，踏入裡面的剎那，朵拉的形體忽然產生震盪、一陣模糊後那躁動感又猛然退去，她微微後退並搖頭，隨後開始觀察裡頭的景象。

一具人類遺骸，依稀能辨識出它穿著蘇聯軍裝；周遭還有無數撕碎的紙片，無論它們原本是什麼文件，現在都無法解讀了；而最後，朵拉看向「它們」，那就是這個空間與她產生共鳴、並造成鼠群暴動的可能原因。

散布著堆疊著，在牆壁上、在地板上，甚至天花板上，用墨水、用血液、用刀刻，所留下的無數重複字符。

朵拉看著那具骸骨，它的下顎撐得非常開，結合周圍的環境，她簡直能想像到這個人在死前還瘋狂嘶吼著的內容，那與牆上的字是一樣的——

Xerum 525

——

——

——

——朵拉今日註記：蘇聯對芬蘭投下的燃燒彈，其外長莫洛托夫宣稱為給貧民們的空投麵包，所以他們也做了許多雞尾酒回敬。

肆章　老人與罐與冥王星

火焰在燃燒數小時後終於自己熄滅，少年與少女蹲坐在他們住家的廢墟門前，少女看著夜空，少年則盯著眼前保他們平安的奇蹟鐵軌。

「我早說過那些撿來的炸藥不該拿來生火的。」他說。

「我以為它們平常很惰性。」

「妳連它的種類都不知道，妳甚至沒通知我、更別說在室內！」

「好啦好啦！對不起，我真的很對不起。」

「……」少年斜眼看著少女，她的口氣很難說是有誠意，但對倆人來說這已是十足的道歉了。

「妳沒受傷吧？」

「嗯。」少女搖頭，並陷入靜默。

少年很難確定她這陣沉默是否是出於愧疚，但看她著迷地凝望星空的樣子，令他心裡升起一股不安。

「我們應該要出去旅行！」半响後，少女猛地站起，並大聲說道。
「旅行？是流浪吧？我們連家都沒了。」
「我就要說是旅行，而且走得愈遠愈好，」少女伸出手，抓向耀眼的星空：「森林、草原、沙漠、大海——直到外層空間，我們應該去看看遠方的風景，不然人為什麼要有眼睛？」
「妳問為什麼……有眼睛才能看，不是嗎？」
「當然！」少女眨眨眼：「看得愈多愈好、愈遠愈好！」
少年嘆了口氣：「妳知道的，我們已經一無所有了。」
「我們沒有駐足的理由了，」少女扭身回頭看向少年，她微笑著說：「但至少你會跟上來，對吧？」

巨大列車的裝甲在乾燥的炎熱空氣裡，反射著刺目的、扭曲震顫的光芒，看著向前不斷延伸的兩條平行軌道，朵拉的引擎發出心滿意足的轟鳴。行進時引發的震動與氣流揚起沙塵，她就在那之中緩緩前進著。

比起型態被大幅壓縮的人形體，還是列車砲的原型更加舒適。

但美中不足的是地形。

雖還稱不上沙漠，但這附近有條乾河床，那些破碎石塊在日夜風化下又變得更加細小，以至於整片地面都鋪滿碎石與薄薄的粉塵。

幸好鐵路沒被掩埋，不過照這樣看來，再過幾十年這條路就會變得難以通行。刻有舊印的奇蹟鐵路本身雖難以毀壞，但也無法自己排開表層的沙土。所以朵拉一路上用石塊堆疊做了不少標誌，這樣要是在鐵路被掩蓋之後有人類來到這裡，他們還有可能再把它挖出來。

但人類真的會到這來嗎？

「列車……」

幾乎看不到動物、植物也只有耐旱的矮木雜草，稀疏的植披下裸露大片乾土，對人類來說是相當惡劣的生活環境。

「那邊的列車……」

但反過來想，生物少也代表異物不易生成，反而對人類比較安全？

「可以停一下嗎？」

嗯？過了半晌朵拉才注意到附近有人，那聲音非常嘶啞且虛弱，幾乎被她行駛時的噪音掩蓋。

此時站在朵拉車側的，是一名老人，難以從他蒼白的頭髮與滿是皺紋的臉上分辨出人種，他身披旅袍，懷中抱著個長約一呎的金屬圓罐，那重量壓得他直不起腰來、雙腿也微微顫抖，但老人仍堅定地帶著它步步走近。

「能載我一程嗎？」老人問道。

此時朵拉又打量了他一下，她能大概分出人類的年齡層，卻沒法確切看出對方到底是

六十、七十歲或更老，不過眼前的人給了她非常強烈的「老人」印象，這代表他可能是她旅途中遇見過最年長的。

說不定他會知道關於戰爭的事情。

「可以。」她回應，並放下斜板讓他上車。

可老人上車後，並沒有止步於第一層，而是看著那直指天際的砲管，問道：「我可以再上去嗎？」

最後老人艱難地登上砲座前側平台，陽光於砲管正下方投射出一道遮陰，他就盤腿坐在影中並遙望遠方：「謝謝妳了，車掌小姑娘，妳可以叫我羅諾。」

朵拉倒不在意「小姑娘」的稱呼，只問道：「你知道戰爭的事嗎？」

「戰爭？」名為羅諾的老人愣了一會，隨即搖了搖頭：「很抱歉，我雖曾聽我爺爺提過，他說從前人類間爆發了一場大戰，卻從沒和我解釋究竟發生了什麼。」

「是嗎，」朵拉略覺失望，但看著他凝視遠景的臉，又感到些許好奇：「你要去哪裡？」

「哪裡都行，但——」

他頓了一下，似在回憶甚麼，隨即便肯定地說：「愈遠愈好。」

「越遠愈好？」

「愈遠愈好，」老人重重地點頭，伸手拍了拍放在身旁的金屬圓罐：「我雖然不清楚戰爭的事，但如果妳想聽故事的話，我還是可以說一些的，妳想聽嗎？」

「好。」朵拉的砲管如點頭般微微晃動。

「先說明白，這可是個『真實』的故事……」

老人羅諾取下腰間的水袋，潤了嗓後，便開始講述「那個故事」——

「菲，妳走太快了……等我一下。」少年邊喘著大氣邊喊著前方少女的名字。

「是你太慢了，」少女踏著輕盈的步伐，皮靴頭在枕木上敲出規律的叩叩聲：「而且也帶太多東西了。」

自成為鐵路旅者以來，這已是第三天了。

從屋子的殘骸裡收拾行李，沿著奇蹟的鐵軌踏上旅程。與少年把所有還能用的東西通通裝成一個大包不同，菲背後的行囊只裝著必需品。

「嗯？」她看見枕木間隙長著一叢植物，便伸手摘下然後放進嘴裡咀嚼：「這是可以吃的，羅諾你也來。」

菲把它直接塞進少年嘴裡，他嚼了幾下，辛辣的刺激讓羅諾一時忘記了疲憊。

「真不錯。」他蹲下，把那種植物全採到背後的大包裡。

菲對環境的觀察力相當敏銳，除了一些積極過頭的嚐試外，她的知識面其實相當廣泛，也具備旅行者該有的能力。

但羅諾還是覺得很危險。

旅行者的才能、旅行者的靈魂。代表菲可能會帶著自己一起，奔向許多鐵路旅者悲慘的終末。

如果遇到異物怎麼辦？如果沒法逃脫怎麼辦？

逼不得已踏上旅途？或許吧。羅諾卻始終覺得他們還能把房子修好，繼續在原地過安穩的生活。

可是此時看著菲的背影，想起她那晚的笑容，羅諾心裡卻怎麼都升不起後悔的情緒。

「唉——」他嘆了口長氣，雙手拉緊肩包的背帶，便踏著沉重的步伐跟上。

這時已經是黃昏，他們得做好過夜的準備，羅諾看著周圍岩石遍地的荒蕪環境，尋思著合適的野營方案，前兩天路過的地帶土壤鬆軟，可以輕易打下營釘，但現在腳下的大地只覆蓋著薄薄一層沙土，底下都是堅硬的灰岩，加上夜間強風導致帳篷無用武之地。

很明顯，今晚大概是不好過了。

「羅諾！」菲忽然喊了一聲。

「嗯？」

「你看那邊。」菲拉著羅諾的手臂，另隻手則指著右前方。羅諾瞇起眼睛，才勉強看到那幾乎被落日餘暉掩蓋的人造物輪廓，一幢房屋的黑影在遠處若隱若現。

「看來我們今天不用露宿了。」

「妳不覺得它離鐵軌有點遠嗎？」

羅諾把食指與拇指呈C字放在眼前，配合周圍參造物大略測算了一下，發現那房子離鐵軌起碼有幾十米遠。

這可不算安全距離。

「是有點遠，但既然有房子，就可能有人生活；而如果有人生活，那那裡多半會是安全的。」

菲說著，便拉著羅諾的手朝那房屋跑去。

「這是？」

他走近一看，隨即變得滿臉意外，羅諾原本猜測那會是上個時代的遺跡，根本不安全，並打算就這樣勸她打消念頭，但是——

「好新。」

這是一棟木造民房，外觀非常完整而且養護得當，看得出它在這裡頂多也就十來年。但這根本不合理，這附近都是石頭、石頭還有石頭，哪來的木質建材？

正當羅諾呆愣在原地時，卻見菲已經上前扣動門環。

喂！他正想出聲，卻終究沒叫出來，原因是他們聽見了聲音。

「什麼……」

「你也聽見了？」菲笑道：「果然有人住的嘛。」

羅諾點頭。那不是腳步聲，而是轉軸間乾澀的嘎嘎聲還有輪子滾動聲，由小到大、從遠至近，期間夾著一陣短暫的寂靜，而後門「咿呀」地打開了。

「哎呀，怎麼會有孩子到這來呢？」

從門中出來的，是一名坐著輪椅的老者，他的手包裹著一層厚布，僅用前臂貼著椅側、轉動椅輪前進。而與上身穿著的厚棉衣相對，他的下半身也蓋著一條毛毯。

「我們是旅行者，但這附近實在不適合紮營，所以希望能在您這借宿一晚。」菲說道，而羅諾也禮貌地點頭。

「當然可以，我這裡訪客不多，每一位都值得最好的款待，更別說是像你們這樣的孩子。」

「進來吧，」老人邊說邊倒回屋裡：「沒有多的房間，但客廳你們可以隨便用。」

兩人互看一眼，便跟著他穿過狹小的廊道。來到客廳，壁爐燃燒的劈啪聲首先入耳，他們隨即看清這裡是個長方形空間，暖爐對面的長邊擺著一張沙發，正適合作為睡床使用。

「很抱歉，這裡平時只有我住，所以只能請你們其中一位睡地板了，不過裡面還有備用的毛毯；餓了的話，牆角的櫃子有些儲糧，請自便。」他說著，又轉著輪子離開。

現在，客廳裡只有菲和羅諾兩人了。

羅諾放下沉重的背包，邊揉著肩膀邊席地而坐。

「妳怎麼看？」他問，此時菲已經逕自跳上沙發。

「什麼怎麼看？」

「我也不太清楚，」他搖搖頭：「但我有點不安。」

「你老是覺得不安，」菲說：「不安的時候，一個溫暖的房間、和一點甜食會起很大的作用。」

「我們的運氣真的很好。」她起身走到老人指出的櫃子前翻找，從下層抽屜拿出一個玻璃罐，裡面放滿純白的糖塊。

「非常非常好。」菲拿出一塊糖並拋向羅諾，羅諾將之接住並放入口中。

好甜。質地疏鬆的白糖塊很快就開始溶解，沁入舌根的甜味讓他重獲些許平靜。他意識到自己的確有多疑的毛病，但某種違和感卻始終繚繞於腦海。

尤其是屋主的聲音。

讓人在意的是，在剛剛那些對話中，老人的話句明明非常友善，語氣卻不帶絲毫起伏，甚至接近無機質感。

但那又怎樣？他老了，且每個人都有自己的說話方式，這不是懷疑的理由。

是自己神經過敏，或這裡真的不安全？比起這些模糊的感覺，此時羅諾的本能卻在尖叫、渴望著安逸的生活。

這裡看起來就挺安逸的，不是嗎？雖說是睡地板，但這裡的地毯也相當柔軟乾爽。

聽說在災變之前，人類曾主宰整個世界，那時人們就是過著這種生活吧。

他想起爺爺偶然提起過，很久以前人們會發動戰爭互相討伐，但他不懂，要是沒有那些怪物，擁有世界的人類怎麼還會自相殘殺？

他們什麼都有了，不是嗎？

記憶裡爺爺從沒有多提，但就像現在這樣，他們有了像樣的住所、食物還有飲水，若在這環境下還質疑周遭惹屋主不快，那才是十足的蠢事。

羅諾在說服自己後低著頭，把沾在手指上的糖粉舔乾淨，用菲翻到的乾糧填飽肚子，這時屋主也帶著兩張厚毯回來了。

「好好休息，明天我會試著當更好的主人。」老人說。

「真的非常感謝您的幫助，」菲接過毛毯，笑道：「但我們明天早上就會離開，就不用勞煩了。」

「咳咳——」老人開始咳嗽，那聲音裡夾雜著奇怪的噪音，使他們本能地焦慮。

「您沒事吧？」菲上前關心，他卻用力地搖頭。

「沒事，老毛病了。」

「真的沒事嗎？如果冒犯到您，那很抱歉，但您的聲音也不太對，您可能生病了！」

「……」老人沒有回答。

「到明天，我會試著當更好的主人。」

他留下這句話，就又轉著椅輪離開了。

「然後？」

「然後我就昏昏欲睡，」名為羅諾的老者打了個哈欠：「再然後我就睡著了。」

非常輕微的、幾乎不可查覺，但朵拉此時確實感到了不快，連她自己也沒有發現，在與人類一次又一次的接觸後，名為好奇心的特質早已於她鋼鐵的軀體內扎根。

彷彿能感覺到朵拉的不滿，羅諾露出微笑：「別擔心，小姑娘，這是我的故事，它不會跑、而我也跑不動了。」

他盤腿坐著，把身旁的金屬罐拉到懷裡，以下巴抵著罐頂，老人就這麼睡去。

月光照射下，獨角列車閃爍冰冷的光澤，那光就與這夜一般清寒，而飽含涼意的空氣卻攜帶著令人滿足的平靜。

只要等到明天。

明天早上，還能聽到故事的後續。

她想著，並繼續行駛在彷彿無盡的雙軌之上。

而不知為何，對朵拉而言，這夜晚顯得格外漫長。

一早醒來，羅諾發現菲不見了。

揹起大包，一邊呼喚她的名字一邊走動，羅諾在客廳外的迴廊邊找到了樓梯，於是他就這麼一步步踏上二樓。

「這裡是？」整個二樓似乎只有單間，這個寬敞的空間被櫃子與各類不知名金屬儀器擺得滿滿的，只在離窗最遠的陰暗部空了出來，由於很暗，羅諾看不清那裡有什麼。

「有什麼需要嗎？」

那個無光的角落，此時卻傳出了老屋主的聲音。

他走近問道：「請問您有看到菲嗎？就是和我一起來的女孩子。」

「喔當然，她是個特別的女孩。」

「她在哪裡？」

「該怎麼跟你說呢？」老人一時陷入沉默，他發出「嗯——」的長音，似在思考什麼：「昨晚我和她聊了聊，那是相當愉快的經驗，她作為人思想可謂非常奇特——甚至與我合拍，於是我決定與她分享星星間的樂趣。」

「星星？」

「要在行星間遨遊穿梭，那肉體未免太過脆弱，只有讓她的大腦單獨存活，我才能帶她前往星界。」

「肉體……大腦……」羅諾愣了一下，他還是不懂發生了什麼：「你對她做了什麼？」

「放心，她是欣然接受的，且沒有絲毫痛苦。」

「你到底把她弄去哪了!?」老人的話真嚇到他了，羅諾的心臟砰砰直跳，同時升起的焦躁感讓他神情扭曲。

「就在你後面，能幫我把那層布弄下來嗎？」老人完全不為他的態度所動。

「這是在開玩笑嗎？」羅諾轉身，那確實有個被布蓋住上半的桌櫃，他揭下白布，其後的櫃子裡擺滿了金屬圓罐：「這些是什麼？」他瞪大眼睛。

「別問『是什麼』，你應該要問『是誰』，」老人回答：「最上層，左邊數來第三個。」

圓罐上頭的標籤寫著大大的「菲」，他忽感背脊發涼，顫抖著手把那它抱下。

「看到桌上的儀器了嗎？」

羅諾點頭，把圓罐放在連接櫃子的桌面上，旁邊則擺著個由兩根細圓筒、連接部件與底座組成的裝置，就像眼睛；還有個帶兩根長金屬棒與轉盤的複雜機器。

「把線連接到凹槽裡。」

「這……」被想找到菲的願望、與對神祕現狀的不安驅使，羅諾不禁照著老人的話去做。

他拿起一根金屬細管，將其末端插入圓罐底部的幾個凹槽之一，而後擺在桌面上，那個予人「眼睛」印象的儀器動了起來。那兩根細圓筒的前端發出光芒，就如真的眼睛般環顧四周。

「另一個也一樣。」

於是他將那帶有兩根長金屬棒的儀器連接上去。

隨電流通過的滋滋聲，幾道藍白色電光在儀器上攀升起伏，緊接著是一陣閃光，極度擬真的影像便於兩根長金屬棒間浮現。

那是少女的臉。

「菲⁉」

「羅諾，很抱歉沒跟你商量，」懸浮於空氣中的頭顱露出淘氣的笑臉：「我可能著急了些，但這是非常棒的決定！」

「到底發生了什麼？」羅諾駭然：「妳、妳怎麼會變成這樣？」

「我昨晚有點睡不著，就想起來走走，剛好遇到這位先生，於是我們就聊了聊——他向我展示了好多偉大的成就！」

「成就？」

「對！你知道嗎？他們真是特別偉大。當我說我想前往外層空間時，他就提出了絕妙的建議，只要把腦取出來、放到這堅固的罐子裡，就能不受肉體的束縛了，而我仍可藉由這些傑作聽、看和說話，」菲的眼睛咕嚕嚕地轉了一圈，旁邊的筒狀儀器也隨之動作：「你能想像嗎？不用擔心任何事，我可以隨他們一起漫遊至星空的邊界，即使這些儀器斷開連接，我仍會進入最生動美妙的夢境，我的旅途不再有終點，現在我能看到最多、看得最遠。」

「怎麼樣？聽起來很棒吧？

你會跟上來的，對吧？」

少女臉上露出和決定啟程那晚相同的表情。但如今面對她的笑靨，羅諾卻幾乎無法維持理智，無以名狀的恐懼從身體內部滲出，隨髓液蔓延、凍結大腦。

而讓他瀕臨瘋狂的事物，除了眼前的，還有身後的異樣。

「嘎——吱咿——喀——嘎嘎——」

今天——

如骨頭摩擦般令人不適的連續音，其中還夾雜絕非人類的高頻細語，本能讓他最好不要去看。

我會成為更好的主人——

但也同樣是出自體內深處的呼喚，使他緩緩地轉過頭。

「!?」他的瞳孔急速縮小，老人已經不在那了，取而代之的是散落一地的偽裝，與另種截然不同的生物。

「它」比羅諾要高不少，覆蓋甲殼的身體呈現讓人不適的肉粉色，在該是頭部的位置則長著一顆不停變形的圓瘤。它體側的數對節肢和螯、與背上像是翅膀的器官一同緩緩擺動。

這不是愚笨的怪物，那異樣的知性氣息遠超想像。

一看就知道，這個生物比異物要可怕太多！它只是站在羅諾身前，就讓他的頭腦像要爆炸了一樣，充斥閃光與暈眩的幻音。

作為人類，他本不該目睹這種存在。

不，即使目睹了，他也不覺得這是它的全貌，而那些他看不見的部分，此時正肆意侵蝕他的意志。

得逃走。

必須離開這裡！

身體幾乎動不了，他想邁開步伐，卻摔了一跤，同時讓他背包裡的東西散了一地。其中就有一團綠色、是昨天採集到的植物。

「唔！」抓起它們並全部塞入嘴裡，在口腔中爆發的極強刺激讓他找回些許清明。一把扯下所有管線，羅諾抱起圓罐拔腿狂奔，跑下樓梯、通過客廳、轉過迴廊，他朝房子的正門處衝去。

「砰」地一聲，門被羅諾撞開，這個略顯瘦弱的少年，他的目光與行進路線緊對著數十米外的奇蹟鐵路而去，他自認從沒跑得這麼快過。

身後傳來高頻刺耳的振翅聲，他再也不敢回頭，直到雙腳踏上鐵軌，振翅聲減弱乃至消失時，他才堪堪回首。

但那怪物並沒消失，它就直直佇立於不遠處。

此景令羅諾渾身一僵，他直直地看著它，同時能感覺到它也在直直「看」著自己。怪物作勢要前進，但它看似猶豫了一下，便往後退了一點。

一瞬間，他覺得只要那怪物執意想追，自己就算在鐵路上也沒有逃脫的道理；或許對它而言，這一切都是一時興起，它根本不在意自己，而那裝著菲大腦的罐子，也僅是它眾多蒐藏品中的一個吧。

這些根本不值得它的「執意」。

多麼可悲！

羅諾也往後退了一步，便轉身沿鐵路再次奔逃。

「之後我在另個路段上找到合適的居所，地表環境雖然惡劣，但還有地下水井，咳……」羅諾咳了一聲：「所以這些年我還過得安穩、當初的我所渴求的『安穩』，但直到最近我都還會夢到那時的經……咳咳！」

老人深吸了一口氣，道：「事到如今，我還是不知道它是什麼，我實在太害怕了、所以從未返回那棟屋子。」

「嗯。」朵拉倒知道他遭遇了什麼。

「它們是些粉紅色的東西，足有五英尺長。那如甲殼類生物一般的軀體上長著數對巨大的、彷彿是背鰭或膜翼一般的器官，以及陣列節肢。而在原本應該是頭部的位置上，卻長著一顆結構複雜的橢球體，這橢球體上覆蓋著大量短小的觸鬚……有時它們會使用所有的節肢爬行，而有時卻僅僅使用最後一對足行走。

——H·P·洛夫克拉夫特，《暗夜呢喃》

猶格斯真菌、或稱米·戈，自太陽系邊境而來，擁有遠超人類科技力的物種。

這些長得像螯蝦的類真菌生物，本質說不上全然邪惡、也很少使用暴力，但它們的道德觀與人類存在巨大差異，導致米．戈的行為在人類眼中，幾乎都是詭異且充滿惡意的。

但某些時候，也不得不承認，它們的興趣的確充滿誘惑。

並非善舉或陰謀、無關乎惡意與善意，它們有屬於它們的生活，兩人只是偶然的闖入者，並在因緣際會下成為那日常的一部分。

於是菲的大腦被取了出來，封存到拉弗金屬所製的圓罐中。

擺脫脆弱的肉體，只以大腦與自由的精神存在，沒有痛苦、也沒有末日長存的絕望，對那無拘的靈魂而言，她將有無盡的宇宙時空可供探索。

只聽描述的話，她都要為人類們感到心動了。

但朵拉沒有準確意義上的肉體、也沒有能被取出的大腦。

而這種生存形式，也超越人的常識太多太多。

要是沒有極度的渴求，是不會欣然接受的吧？

「我花了漫長的時間思考，直到我終於有那麼點理解她時，卻已經連走都快走不動了，」羅諾再接著講述著：「某天下午，我忽然好想繼續旅程，

那個我們未盡的旅途，

——外層空間，如果她真的能到那麼遠的地方……

那我也不能一輩子停在原地，對吧？

她總是走在前面，我總是跟在後面，

但如今，我要帶著她走，

向著前方，

向著未知，

愈遠，愈好……」

「磯磯磯磯磯——」尖銳的剎車聲響起，雙軌已盡，朵拉跨越了整個地區，終於在此處停下。

「怎麼——」羅諾一驚，正想詢問發生了什麼，一抬頭，他卻完全呆住了。

嘩——嘩——嘩——

沒了行駛的噪音後，他首先聽到的，是一波接一波的水聲。

他睜大眼睛，盡力想讓自己老化模糊的雙眼映入更多東西，而此刻一切的一切都清晰無比。

他幾乎忘記呼吸。

滿月高懸於天際的盡頭，透澈的月光束穿過雲層照耀海面，閃爍足以填滿視野的粼光，幽暗深藍的天空同時映照著，在那海的表側、海的深處，只有神秘美麗的靜默無限延展開來。

「這是……大海嗎？我們從沒見過大海，」衰老的羅諾看著眼前的景象、聽著夜晚的海潮聲，他左手緊抱圓罐、右手則朝月亮攫去：「哈！哈哈！我現在，有那麼點追上妳了嗎？我終於能跟上妳了嗎？」

「回答我啊，菲……」

「菲，嗚嗚……」

「嗚……啊啊啊……」眼淚止不住地流下，彷彿要把數十年間積蓄的情緒都釋放般，他哭了好久好久。

那是彷彿任生命流淌的、漫長的哭泣。

「嗚嗚……」

「嗚……」

「嗚……」

「……」

「……」

「謝謝妳，」最後，他緩慢地收回手，並懇切地說著：「好心的旅人啊，請帶著她，幫我照顧好她。」

朵拉垂下砲管，又緩緩抬起。

「謝謝……」羅諾仰頭露出微笑，他的聲音愈來愈微弱，最終沉沉睡去。

夜已深，月亮被烏雲遮蔽後，此地僅存一片黑暗。

隔天早上，老人再也沒有醒來。

懷抱腦罐，羅諾闔著眼，他的表情無比安祥。

前面已經沒有雙軌了，於是朵拉轉換成類人形體，羅諾的軀體輕輕落地。她將他搬離軌道，來到離海更近的沙岸邊。

在這裡，朵拉為他挖了墳墓，用礫石堆成的墓碑面朝大海。

這是個無名塚，但她會連同那個故事，記住「羅諾」這個名字。完事後，朵拉蹲坐在一旁的堤岸邊，她掀開外套的兜帽，彷彿空間被挖了無數細長的洞，那閃耀純黑的髮絲蔓延飄盪。

嘩——嘩——

平時的話，她並不喜歡海風，濕氣與鹽分都會使她不快，但此刻那舊日盤據的大海，竟然如此平和靜謐。聽著規律的浪潮聲、朵拉用她的觸髮感受一切，這場至海的旅途是如此特別。

這是被遺落者的旅途。

那是不屬於她的、他人的旅途。

而這裡，是那場旅途的終點。

倆人的終結之地……

朵拉拿起拉弗金屬製的圓罐，用力擰開它的頂蓋，往裡面看時卻已經什麼都沒有了，沒有腦、沒有細胞組織，只剩濃稠的液體。

菲的大腦，早在她的意識還在幻夢中冥王星上奔馳時，就逐漸溶解掉了。數十年沒有維護與換液，就算是米·戈的科技也無濟於事。

那名渴望遠方的少女，就這樣在靜謐中消融。而當初的少年也沒有、更不可能意識到這回事。

請帶著她，幫我照顧好她。

想起羅諾最後的請求，朵拉絲毫沒有猶豫，她拉下圍巾，仰頭將罐中的液體咕嚕嚕地喝了一半。

至於剩下的一半，她將之灑在羅諾的墳上。

少女的一半會隨她踏上旅途，另一半則會永留於歸宿身旁。

這樣，就好了吧？

朵拉邁開步伐，踏回了那屬於她的軌道之上。

——

——

——

——

朵拉今日註記：猶格斯（冥王）星特產的拉弗金屬，非常有嚼勁。

伍章　冷原的死神

「噗滋」踩碎從地下竄出的異物，朵拉在積雪上蹭了蹭腳，擦去滿靴子黏液，隨即繼續邁步。

冷原（Leng），或稱冷之高地（the Plateau of Leng），雖然不清楚那奇妙的發音是否是出自東方語系，但這裡確實非常寒冷——不只是冷而已，在先知的記述中，冷原也代表某地的魔境。

朵拉相信自己已來到類似的地方。

從上午開始，鐵道的軌跡就一直在向上爬升，由於沒有雙軌，她只得一步步沿著走，路上氣溫漸漸降，回過神來時，眼前已經是一片凍土與針葉林了。

而且還有一大堆異物。

大多都潛伏於雪層下，蘚苔類和昆蟲、雪鼠等轉變成的小型種，對她而言沒多少威脅，但光是朵拉一路上感覺到的，其數量就比之前一整個月見到的都多，這還是大部分都被威攝走後的情況。

寒冷、荒涼，這種缺乏生機的地方背後，卻隱藏如此多的異常，只能說這裡的生態環境已經異界化了。

這裡會有人類嗎？朵拉喝了些防凍劑，她已經做好急行軍的心理準備，這種異物比例，意味她在這多待的每時每刻，遇上眷屬、或更高等存在的可能性都在呈指數上升。

然而才踏入針葉林沒多久，她就聽見了動靜。摩擦著雪地與矮叢，那是生物正在緩慢爬行、拖曳著什麼的聲音。

然後她又聽見了嗚叫聲，不像野獸的警告或異物的嘶吼，這叫聲更加……虛弱？受傷了嗎？朵拉循聲走近，在一棵杉木後看見了一隻雪兔型異物，牠浸染的程度不算太深，因此還保留著大致的外型，至少能看出牠有兔類該有的後腿，而且還傷得頗重。

無視牠的劇烈掙扎，朵拉端起那傷腿細看，雖然有一些撕扯的痕跡，但傷口截面整齊地繞了一圈，顯然不是咬傷或抓傷，這可不尋常。

手一扭終結了牠的痛苦，朵拉再沿著血跡追蹤，最終在林間一處凍結的水源地旁找到致傷原因。

捕獸夾。

現在她忽然不急著走了。四處繞了繞，她又看到不少絆索、重物陷阱，都是最近才設下的。此外還有讓她在意的東西——巨大的蛛網殘骸，看到它時朵拉已有了某種猜想。

在這個連她都覺得不妙的危險地帶，有人類活動、同時還有疑似在異物之上的存在，這意味著什麼？

朵拉一邊想著，一邊在林間漫步，不知不覺就走出針葉林，來到另一片平坦地帶。

「這是……」

她很快發現了腳下的異常，雪的顏色不對。

沿著出森林的邊界，與冰雪相互混雜，那是鮮豔到噁心的紫色，絕不是自然界該有的。

「砰！」

蹲下查看的同時傳來一聲槍響，但朵拉沒有被擊中的感覺，只感覺到子彈從臉頰邊掠過的強勁氣流。

打偏了？在聽見槍聲的同時她就進入戒備態勢，並轉頭查看著彈點。

在那裡的，是一隻昆蟲類異物，它還有一半的身體在雪地裡，上部卻已被貫穿一個大洞。

原本以為是單純打偏或威嚇射擊，結果卻是射擊支援。

周遭景色一片雪白，也沒看到任何類似瞄準鏡的反光，朵拉掌握不了對方的位置。

她站在原地警戒四周。就這麼過了近五分鐘，她才聽見腳步聲。

「噠、噠、噠、噠、噠、噠、」

隨聲音逐漸接近，來者終於顯露身形。

那是個純白色的人影，直到對方走到眼前，朵拉才完全把其與背景區分出來；手套、雪靴、附兜帽的長擺大衣，只在眼睛部分留孔的全覆式布面罩，這些全都是純白色，那副模樣讓她起了莫名的親切感。

尤其對方的身高只比她人形時高了一點。

一瞬間，朵拉懷疑起這究竟是不是人類；或是和自己同樣，徒有人型的「什麼」。

「還有誰？」少女的嗓音從那布袋似的面罩後傳出。

她手持步槍，穩穩地對著朵拉的頭部。

「只有我。」朵拉搖頭。

對方也搖了搖頭：「不可能，小孩子是不可能活著到這的。」她說著，並朝朵拉背後的樹林喊道：「快出來吧，不然我就要開槍了！」

一片寂靜……

沒取得任何回應，引以為傲的雙眼也沒察覺任何動靜，白色少女沉默了。

「那妳呢？」朵拉突然出聲。

「什麼？」

「妳又是怎麼活下來的？」

「我是在這長大的，和你們不一樣。」少女說。

「到這的只有我，」朵拉堅定地說：「不然妳也不會現身。」

眼前的少女明顯是高明的獵手，擅長隱蔽的她除非覺得事態異常，否則想必不會就這麼出現。

事態異常——比如說明明沒觀察到任何團體，卻有個孩子樣的人在林中徘徊多時。在這對方人數未知的情況下，應該先嚐試當面溝通、必要時還能藉由挾持來佔據主動。

事實上，少女就是這麼想的。

「……」少女顯得有些為難，她想自己還是有些莽撞了：「我能相信妳嗎？」

朵拉點頭。

「『絕對要相信自己的眼睛』，」少女放下槍口：「這是家訓，我父親告訴我的，而我的確沒看到其他人，所以……」

她轉過身，一步步往回走：「來吧，我帶妳去安全的地方。」

於是朵拉跟了上去。

穿越平地，來到高原的邊沿處，出現在眼前的，是一棟北歐風格的小木屋，對朵拉而言沒多少好說的，但看起來真有些時日了。

隨她進入，能看見裡面裝潢相當簡潔，兩張椅子、一張桌子，床鋪、壁爐和簡易的煮食台，在從雙窗口投射進來的、雪地充足的日照下，一眼就能看到全部。

「卡雅，這是我的名字，」她俐落地掛起大衣，脫下面罩、折起並放到一邊，然後從褲子口袋掏出一支打火機，點燃紙折並扔進火爐：「海赫，這是我祖先的名字，也是我的姓氏。」

火焰燃起，屋裡逐漸變得暖和起來，也照亮了她雪白的長髮、肌膚，與鮮紅色的眼睛。

白化症？

純白偽裝下還是純白，這令朵拉印象深刻。

「卡雅．海赫——叫我卡雅就好。」她說著坐下，懷裡仍抱著那把步槍，並時不時輕撫槍身，就如對待活物般。

「朵拉。」

聽見朵拉自報名字，卡雅點了點頭，便拿出一塊布輕輕擦拭槍身，還不時對其輕語呢喃：「你說歡迎這位訪客？」

「朵拉……對吧？他說他歡迎妳。」

「……」朵拉盯著它不放。

「很在意嗎？」

朵拉點頭，災變後製造技術大量遺失，已經很少看到正規槍械了，更別說狀況如此好的；但這不是重點，關鍵在她對待那把槍的態度。

「他叫做沙卡（SAKO），我們已經陪伴彼此很久了，」雅卡眼中透出濃濃的依戀：「我不能沒有他，他也不能沒有我。」

「密不可分——妳很難理解吧？我和他就是這種關係。」

「嗯……」人對殺人的兵器傾注愛意，饒是以朵拉稀缺的感性來看，她的精神都不算正常。把武器當成朋友、甚至配偶看待，這在戰時並不少見，但現在還能看到這種現象，著實令朵拉在意。病態的環境催生病態的精神，而卡雅這副模樣，或許正說明此地有著匹敵戰場的嚴酷。

無所謂了。看著卡雅的臉，朵拉愈加感到一種莫名的親切，能找到這個奇特的個體，或許就是她在此地最大的收穫。

她的精神久違地放鬆下來，將意識沉入黑暗。

而看著訪客沉睡，卡雅用了些乾糧，也躺到床上休息了。

「晚安……」看著靠在牆邊休眠的朵拉，卡雅輕聲道。

事到如今，一句簡單的晚安也令人無比懷念

她閉上眼睛，很快地，屋裡只剩她均勻舒緩的呼吸聲。

卡雅做了一場夢。

她與父親走在森林中，調查周圍環境的異變。

緊跟在父親身後，抽出小刀，於樹幹上刻下記號以防迷路；同時她看見父親回頭瞥了她一眼，滿意地點了點頭。

「很熟練了嘛。」

「當然，」卡雅也得意地笑了：「我可是這世上最棒獵人的女兒！」

「妳已經是優秀的獵人了，但在這裡還不夠，」父親笑道：「妳會比我、比妳爺爺都強，但作為獵人……」

「急躁可是大忌，」卡雅接話：「拜託，你昨天才講過，記得嗎？」

「我會說這麼多次，是因為……」

「它很重要，我知道，所以我也沒不高興啊。」

「……」父親無奈地笑笑，便繼續往前走。

這就是父女倆的相處方式，一有機會，他就會教授卡雅獵人的心得，而卡雅也感覺得出來，父親對自己的成長有多麼期待、多麼驕傲。

那是對於女兒的驕傲、也是事關傳承的驕傲。

流淌在血液裡的天份，讓她與父親都擁有非常強的感官與身體能力，尤其是眼睛，她甚至能看清百米外飄落的一根松針。

曾祖父教給爺爺、爺爺再教給父親，代代相傳的狩獵技巧讓他們生存下來，哪怕面對整群異物也不會慌張。

而卡雅身處這血脈的末端，自然也繼承了種種天賦；照這個速度，只要再過兩三年，她就會擁有即使單獨狩獵，也不會讓父親擔心程度的能力。之後倆人的生活就會輕鬆很多了吧。

「爸爸……」

「噓。」前面的父親做了個手勢，讓卡雅停步，他似乎發現了什麼。

「是什麼？」她也靠上前查看。

在看到的同時，卡雅把背上的弓箭背緊了些，箭還有不少，弓倒是新製的、且弓弦還用到了新採集到的材料——蛛絲。

本來幾乎是不能加工的，但在林中找到的那種舊蛛網，其絲線粗細正好，只要挑出縱絲，再稍微編整一下就能當成弓弦使用，大幅增加了弓的性能。

而這也是他們跑這趟的原因，那絲的粗細和網的大小，其主人怎麼想也不會是正常生物，而眼前或許就是牠的足跡。

七個一組，由一個圓點與前端的兩條細線組成，這種痕跡她只在節肢動物身上看到過。

互相點頭，兩人繼續深入。

一邊隱藏氣息一邊追蹤足跡，無論對方有多危險，他們都得去一探究竟；這一帶異物與正常生物的比例正逐漸失衡，如果不盡快查明原因，獵場很快就會毀於一旦。

那他們就活不下去了。

絕對不行！這裡是屬於父親和自己的。卡雅邊走邊想，獵人的驕傲，使她內心湧上一股怒氣。

但父親也告訴過自己，情緒化對狩獵不利。於是她深吸一口氣，同時看見父親抬起槍桿，便也把弓箭從背上取下，全神戒備著。

她也看到了「那東西」。

從林間縫隙露出的幾條長腿，那明顯是屬於節肢動物的，帶有兩根鋒利勾爪的末端不停於兩棵樹間擺動。

在結網嗎？

卡雅認為這是個好機會，蜘蛛沒發現他們，而他們卻能借此好好觀察對方。

謹慎地移動至能看到其全貌的角度，它主體輪廓上比較接近古老的原蛛亞目，卻有著如幽靈蛛般高高撐起的長腳，外型猙獰且不甚勻稱。

而那——未免太巨大了，不只體型、還有它輻散的存在感，彷彿充塞整個空間的氣息令兩人汗毛豎立，這東西不可能是一般蜘蛛轉化的異物，它的格位更高、不如說它才是異物增生的源頭。

卡雅努力壓低自己的呼吸，他們準備要撤回了，對付這種怪物，需要更詳盡的狩獵計畫。確保自身一直有被樹幹或植被遮掩，她與父親緩緩往後退。

「噗滋」一條蚯蚓狀的異物鑽出地面，被卡雅踩個正著。

「嘶——」

「糟⋯⋯」聽見那異樣的嘶叫聲，兩人的心臟幾乎停跳。

巨大的蜘蛛轉過身來，直直面對他們的藏身之處。

那些單眼閃著深邃險惡的光芒，其毒牙蠢蠢欲動，極快地朝二人逼近——

夢境戛然而止，卡雅喘著粗氣起身，額頭上滿布冷汗，她馬上把目光轉到放在身旁的步槍，那木質槍托的優美曲線讓她稍微冷靜了點。

這是親愛的父親最後留給自己的、親愛的沙卡。也是失去他以後，少數能給予自己慰藉的存在。

逃回小屋之後，卡雅意識到她已被逼進絕路。

失去指導者，環境也變得難以狩獵；但那又怎樣？對她而言，還有件事比這重要得多。

「該死的蜘蛛！」這句話成了她每天早起的口頭禪。

消耗著以往存下的資源，她全身心地投入復仇。

設置陷阱、殺傷異物為餌，只要看到它們，哪怕只有一隻腳踏出樹林，整日守在窗邊的卡雅都會將其狙殺；一開始得浪費許多彈藥才能解決一隻小的，但隨日子一天天過去，獵殺怪物的少女，其五感也逐漸脫離人類的領域。

看得更遠、瞄得更準，以皮膚感受風向，憑本能校正彈道。

憎恨、恐懼，卡雅將這些牢牢封在心裡，日漸膨脹日漸沸騰日漸壓縮，最後凝結、打磨成名為技巧的結晶。

「嗯？」

獵殺了不少大蜘蛛，她已有某種針對它們的直覺。說起來，那夢或許是預兆也不一定。

卡雅抄起槍並跳下床，拉開窗戶朝森林的方向看去，她的眼神瞬間變得銳利無比。迅速叫醒朵拉，她得保護這個小小的客人，就像當時父親保護自己一樣。

「怎麼了？」朵拉退出休眠，同樣起身往窗外看。

於是兩人都看見了，於遠方森林邊界蠢動的影子。

「那是遠古時代的戰爭場面，描繪著冷族的亞人類與附近山谷中巨大的紫色蜘蛛戰鬥的情景。」

——H・P・洛夫克拉夫特，《夢尋秘境卡達斯》

它們的頭胸呈現靛藍色、腹部則是斑駁的淡紫色，全身甲殼上都長滿了密密麻麻的疣狀物，七條長腿上長著剛毛，腿尖與螯閃著黑色光澤。

體型腫脹的巨型蜘蛛，即使是最小的幼體，也比朵拉和卡雅加起來都還大，它們是名符其實的魔境生物。

但據朵拉所知，這種名為冷蛛的物種雖有著智能，卻沒有群居的習性、甚至還會同類相殘。

既然如此，那眼前的景象是？

光是肉眼能確認到的就有十來隻，它們後頭的森林裡更不知藏著多少，不過光是衝在最前頭的成年體，其龐大到堪比建物的體型就是個麻煩。

朵拉正考慮若萬不得已，可能需要換回原形用機砲掃射，但在非雙軌的地區強行驅動，那會對整個動力系統造成損傷，且不容易修復。

但如果不出手……

朵拉凝視著卡雅，權衡著各種可能與相應的利弊。

而在朵拉盯著她看時，卡雅早已開始行動。打開窗戶、利用窗緣架起步槍，她半蹲在窗邊，瞄準著遠在數百米外的冷蛛群。

過了短短兩秒，她扣下板機——

「砰」一發子彈飛射、跨越整個平坦地帶，旋轉著打在最前方成蛛的頭部，卻沒能貫穿它厚實的甲殼，只留下一道淺淺的印痕。

卡雅對此毫無反應，拉動槍栓，彈殼彈出框啷落地，她再度扣下板機，子彈準確擊中了那隻成蛛頭上的、上一發子彈留下的痕跡，讓它又加深了點。

巨大的成年冷蛛憤怒地咆哮，加快衝鋒的速度，但迎接它的是第三發子彈、又打在同樣的位置。

那地方的甲殼已經出現裂縫了。

於是到了第四發，卡雅終究奪走了它的生命。

甲殼被擊碎貫穿，柔軟的內部被子彈攪碎，它的巨體轟然倒下，抽搐了一會後就不動了。

此時朵拉注意到卡雅並未加裝瞄準鏡。

頂級的槍手能夠不使用倍鏡，僅憑鐵製照門與準星進行準確擊殺。朵拉以為那幾乎就是人類的極限了，而卡雅的技藝顯然不止於此。

但她也不可能一次狙擊多個目標，槍殺了一隻、還有其他隻也在接近，於是她把「沙卡」斜靠放置於窗邊，從旁邊的矮桌上拿下另一把槍。

「索米（Suomi），」卡雅輕撫它的槍身下緣：「該換你表現囉！」

卡雅扣下板機，一連串槍響與火光竄出槍口，在擊傷數隻冷蛛的同時也拖住了蛛群的腳步；她馬上又換回狙擊步槍，一發子彈又帶走一隻幼蛛的生命。

彷彿多次實踐般流暢無比的動作。一把名為「沙卡」的狙擊步槍、一把名為「索米」的衝鋒槍，她就這樣邊判斷距離邊交互使用，直到第一隻冷蛛推進到警戒線時，她已經對蛛群造成不小的創傷。

到了這個距離，躲藏在蜘蛛敏銳的感官下可說毫無意義，所以卡雅重新上好子彈，背起沙卡、端著索米就要離開小屋。

「外面不安全，妳在這等著就好。」

把門反鎖後，她緊盯著愈來愈近的蛛群，深吸一口氣便端起索米掃射、一邊朝蛛群衝鋒。一個滑鏟躲開當頭刺下的螯爪，仰身朝它相對柔軟的腹部射擊，穿過幾條腿的縫隙，她在脫離成蛛身下的同時，它的傷口也隨之噴出血液。

那血具有極強的附著性，噴到臉上的話會嚴重影響視線。卡雅俯身，用背部接住紫血的同時以左腳為圓心轉動身體，「喀鏘——砰！喀鏘——砰！喀鏘——砰！喀鏘——砰！喀鏘——砰！」一拉柄聲與沙卡響亮的槍聲接連響起，從五個方向靠近的幼蛛便動也不動了。

可它最多只能連續射擊五次，面對撲過來的第六隻冷蛛，卡雅將索米抬起，前端的刺刀貫穿了它脆弱的胸腹之交，扣下扳機，利用子彈的反動拔出刺刀，刀刃順勢往身後甩去，劈斷另隻幼蛛伸過來的腳爪。

一道破空聲傳來，成蛛的巨爪刺進雪地又拔出，帶起一陣煙霧，躲開這下的卡雅往後一跳，再度與蛛群拉開距離。

「呼……」她喘出的氣凝成白霜。

表面上看來卡雅就是在華麗地戲耍它們，但實際情況卻嚴峻得多。

別說巨大的成蛛，只要被幼蛛咬上一下，戰鬥就結束了。

遵從字面意義在刀尖上起舞，卡雅的嘴角卻勾起一抹弧線。

她在享受這種狀況。

獵人享受狩獵，這再自然不過了；面對這種情況，她只能靠這種快樂確認自己的獵手身分。

無法享受的時刻，就是淪為獵物的時刻。

此刻，面對「獵物」，她無所畏懼。

而似乎也感覺到眼前對手愈加濃烈的狂氣，冷蛛群瘋狂的進攻稍停了下來，一道聲音響起。

「為何妨礙神聖的使命⁉」

「吾等之神曾降臨此地，賜下神諭，此地乃吾神編物之支點、待橫跨裂縫之橋建成，夢地與此世將不再分隔——」成年冷蛛狂亂地鳴叫。

就像被什麼驅使一樣。朵拉透過窗戶觀察，基本確定了這一切的元兇。

乍看之下很容易被認作雪地反光、或它們的肢體投下的陰影，但在蛛群中，的確有一道飄渺的光影在來回晃動。

它只有成人大小，沒有細節，卻能大致分辨出蜘蛛的輪廓。

還有屬於舊日的氣息。

它只是在那裡，不具備力量、也不具備意識，除了形象什麼都沒有。但對於狂信徒來說，哪怕只有形象也足以令其瘋狂。

那並非舊日支配者本身，而只是祂有意無意間留下的幻影、極度稀薄的化身——蜘蛛之神阿特拉克·納克亞，要是本體的話還是屬於能交流的存在，但眼前的「那東西」，它使冷蛛們發了狂，卻沒有能統御它們的知能。

這就是襲擊的原因了，卡雅這段時間的報復行動，被解讀成對神明偉大使命的妨礙，出於信仰的憤慨將一貫獨來獨往的冷蛛聚集起來。

卡雅當然也看到它了，從一開始就有將它納入掃射範圍，但它不會被子彈所傷，相對地也沒有干涉物質世界的能力。

無理智的蛛神化身，還有凶暴的蛛形教徒，卡雅對化身毫無辦法，現在唯一的活路只有把冷蛛群盡數殲滅。

「砰」於是卡雅以一聲槍響、一條幼蛛的斷腿作為回答。

蜘蛛的信仰、舊日的使命，她沒在聽也沒有懂，她只知道這些傢伙毀了一切。

冰冷的怒火與蛛群的再暴動同時燃起，卡雅的動作又快了一個檔次。

而朵拉也沒有如卡雅所期望的躲在屋裡，而是反手敲下門鎖外出，撿起石塊準備支援。

用力投擲，石塊劃破空氣，強大動能砸倒一隻朝卡雅撲去的幼蛛。

「砰」卡雅開槍，結束了那隻幼蛛的生命。

作為第三帝國製品的朵拉能以精確度自豪，而在人形時她仍有相當巨大的出力，在這條件下投擲出的石塊，雖然效率非常低下，但其單發威力更甚槍彈。

朵拉擊碎一顆巨石，並持續投擲它的碎塊，試圖減輕卡雅那邊的壓力。

脫去破破爛爛的外套，卡雅甩手將其揚起，遮蔽一隻幼蛛視線的同時跳到它背上，並用索米掃爛其背部，當身下的幼蛛反射性地跳起，她也隨這股力道高高躍至空中，刺刀朝下，利用墜落的速度刺穿另隻幼蛛的頭部。

落地的瞬間，她一甩沙卡，射出的子彈擊中成蛛的爪尖，讓原本會貫穿她腹部的一擊偏離軌道。

同時身後傳來破空聲，一顆石塊正中逼近的毒牙，這次她來不及補上最後一擊，就被成蛛甩動的長腿擦中。

在空中翻滾了好幾圈才落地，所幸沒受重傷，但那條腿上密佈的棘刺卻讓她的左上臂變得鮮血淋漓。

而這次成蛛也沒能了結卡雅，又是一塊大石頭高速撞到它身側，衝擊讓它不得不七腿並用以穩定自身。

忍著劇痛，卡雅趁機用沙卡往成蛛頭部射了一槍。

「1……」她喃喃計數。

閃過幼蛛的襲擊，她又朝同個位置開槍。

「2……」

見石塊打飛了靠近的兩隻，她再開槍。

「3……」

再挨一發它的甲殼就會告破，於是這隻成蛛狂吼一聲，用兩隻前腳護住頭部，並用剩下的五條腿往卡雅直衝而去。

這下它的動作變得遲緩不少，但相對地卡雅剛才開的幾槍也轉瞬變成無用功。她為索米換上新彈匣、掃射它的前肢，試圖解除它對頭部的保護，子彈卻被全數彈開。

只能再來一遍了嗎？卡雅再度用沙卡射擊，這次打中了它的頭胸部，雖然不及直接破壞腦部有效率，但擊穿那裡也足以讓蜘蛛癱瘓。

卡雅正要躲避衝撞並開下一槍，卻見它忽然停下並急轉、朝小屋的方向躍去。

目標是朵拉嗎!?

它現在雖是陷入狂信、幾乎被本能支配的狀態，但冷蛛本就擁有高度智慧。只要先解決剛剛一直投石的傢伙，之後對付拿槍的就輕鬆多了——它大概是這麼想的吧。

來不及了！此刻卡雅已經把朵拉列入「要為其復仇」名單裡。

成年冷蛛將整個身體壓下，兩顆巨大毒牙從朵拉頭頂刺下——

「碰」強烈撞擊使空氣震顫，朵拉用那雙小手緊抓毒牙尖端，與巨大的冷蛛展開角力。

「唔。」對方的力量使朵拉感到吃力，她被緩緩推著向後，雪地也被犁出深深的溝壑。作為節肢動物的冷蛛擁有強大的爆發力，但朵拉也擁有恆定的輸出，只要再擋一下，轉成拚耐力的話是她將佔據優勢。

「嘶……」

本能性地，它緩緩放下遮掩頭部的兩條前肢，七足共用足以完全壓制朵拉。

「砰！」

卡雅準確捕捉到這一瞬間，食指扣下沙卡的板機——

「4。」卡雅計數，成年冷蛛龐大的身軀應聲倒下，七條腿同時蜷縮起來、導致它翻了個面，揚起大片雪塵。

連續後跳離開煙霧區域，待雪塵沉澱，卡雅面對餘下的十餘隻幼蛛。

成蛛擁有堅硬的甲殼、高度智慧與龐大的力量；幼體卻弱小得多。而這裡的條件看來無法供養太多成年冷蛛，所以解決成蛛後，卡雅有自信單獨處理掉這些剩下的。

「砰！」

「噠噠噠噠——」

「噠噠噠噠噠噠——」

純白色的身影於蛛群中起舞，手中槍口不停冒出火光，一隻又一隻幼蛛倒下。

俐落、迅速而殘酷，卡雅釋放著怒火與獵人的本能，為殺死仇敵而笑的她，其姿態竟帶著某種美感。

「……」

朵拉看著這一切，逐漸明白了什麼。

在先知的描述中，冷原總處於現實與幻夢境（Dream Cycle）的交點，在現世與異界夾縫中生存至今的她，早已不再是單純的人類，而是以人類之身，背負某種實質化概念的存在。

朵拉知道那種熟悉感是從何而來的了。只是看著她殺戮的身影，那呼應存在本質的言語即便浮現。

——純白的神射手，於可知領域外狙殺敵兵，招致無數恐懼的死亡化身。

——**白色死神**。

此名同樣體現了何謂「未知的恐怖」。

朵拉是歷史遺留下來的兵器，而卡雅所背負的事物，其實體為「某位軍人的稱號」——歷史留名的英雄。

與自己同樣，她也是戰爭的殘留物、以後代之姿重現的戰場傳說。

朵拉認知到這點的同時，「戰局」已至尾聲。

「砰！」卡雅開槍，擊碎最後一隻幼蛛的頭部。

蛛群被盡數消滅，阿特拉克·納克亞的虛影也隨之消散。

站在原地，卡雅感受著餘韻；又過了一會，她轉過身，一步步朝朵拉走去。

「噠」她在朵拉面前停步。

卡雅把兩把槍背在身後，兩者靜靜地看著彼此。

「謝謝，」卡雅說：「我們回去吧。」

「嗯。」

氣氛逐漸冷卻下來，兩人一前一後回到小屋，卡雅處理了下自身的傷勢、對剩餘資源做了些整理。休息了片刻後，朵拉想自己也該繼續旅程了。

在這之前，卡雅帶她去了小屋後方。

瀕臨高原邊界懸崖的一小塊空地，這區域的積雪已被卡雅清除乾淨。

而在其中央豎立著一塊墓碑，明顯的手製痕跡看上去相當粗糙。

蹲在墓前，卡雅用一枚冷蛛爪尖致上敬意。

這是目前狩獵的最高成果，證明作為槍手，她已如此強大。看到這個，父親想必也能安息了吧。

把沙卡和索米斜靠在父親的墓碑上，她撫摸著索米的圓筒槍身：「索米（Suomi），在我的語言裡，這代表著一個被稱作『芬蘭』的地方。父親他說，我們的祖先就來自那個國家。」

雖是戰時盟友，但對芬蘭朵拉真沒多少認識，而在白色死神活躍的時期，她的存在應該還停留在圖紙上。

但即使是這樣，關於芬蘭士兵的傳說，她也有所耳聞。

超越戰爭後期帝國的動員率。

於寒冷天候下展開的高超游擊戰。

專門獵殺、搶奪蘇軍坦克的特殊部隊。

短短100多天裡，擊殺了至少500之數蘇軍的神槍手。

雖然最後還是戰敗了，但面對蘇聯壓倒性的物量，他們締造的戰績實在可觀。

而關於那名狙擊手——朵拉又看了卡雅一眼，她想必就是其後人。

「聽說很久以前、人類還主宰這顆星球時，世上存在著許多國家，而芬蘭只是其中之一。各國擁有不同的風景、文化、資源，還有許多輝煌的事物，」同時卡雅也轉頭面向朵拉：「那在至今的旅途中，妳看見它們了嗎？」

朵拉點頭。

「妳還會繼續旅行的，對嗎？」

朵拉再度點頭。

「那請回答我，即使我們已經毀滅了，但妳——不管妳是什麼，在這個世界上，妳還能找到值得親眼去看的事物嗎？」

朵拉回答：「妳說過……」

「絕對要相信自己的眼睛，當然了！」卡雅扶著額頭說：「要親眼去看，才知道值不值得，是這樣吧？」

「也是啦……」卡雅自說自話地呢喃，轉瞬又陷入沉默，她還在思考著。

而在這陣寂靜中，朵拉也初次感受到何謂焦躁。

在旅途中她從不覺孤單，但眼前的少女不同，懼怕孤獨幾乎是所有人類的天性，所以卡雅想必也會為此所苦吧，如果她不現在啟程的話……

想到這裡，她做出了行動。

「一起，來嗎？」

第一次，朵拉對人類伸出手。

第一次，她發出了旅伴的邀請。

第一次，她希望人類能照她期待的方式回應。

但也是第一次，她切實體會到什麼叫「事不盡如人意」。

「真令人嚮往，」卡雅凝視朵拉伸出的手，過了好一會，又輕輕搖頭、轉而盯著她父親的墓碑，眼神固著在其碑文之上：「我總會出發的，但現在我想要再留一陣子。」

「很抱歉，但我想……」她的語氣逐漸帶著哭腔，卻沒有流下哪怕一滴眼淚：「我只是還沒做好準備。」

朵拉如人類般輕嘆了口氣：「是嗎？」

「抱歉。」

「我要走了。」

「妳可以先走，」聽見逐漸遠離的腳步聲，於朵拉看不見的角度，卡雅的嘴角勾起一抹苦甜的弧線：「我會啟程的，到那時候，我們再期待重逢吧。」

在父親的墓前待到忘記時間，旭日高升，於耀眼的午時陽光照射下，此地宛如亙古的堅冰逐漸軟化。

又過了不知多久，卡雅才站起身，迎著光線回到她的小木屋前，拉開門把——

數月後，沒有辜負朵拉的期許、也沒有違背自身的諾言——

現代的「白色死神」，終於踏上她的旅途。

——

——

——

——

朵拉今日註記：白色死神、斯圖卡惡魔、瘋狂傑克、女死神、奧瑪哈之獸、馬尼拉約翰……現在想起來，大戰諸國的人類真的都是人類嗎？

陸章　廢都中的古老者

光耀的風自太陽升起處吹來，穿過荒蕪的曠野、山谷與樹林，而後被盆地捕捉，於倒塌的樓房、斷橋與牆壁破洞處徘迴，最終歸於陰暗的廢墟角落，只留下嗚嗚地、不停詛咒般呢喃的風響。

無論初升的太陽如何閃耀、西行的熱風如何炙人，到了這都變得灰黯無力，只餘往日輝煌的殘渣。

簡直……就和人類一樣。

站立在龐大的廢墟群前，某種想法於朵拉的意識中浮現。

人類是偉大的，這點到現在也沒什麼改變。

可謂智慧生命的本能，從無到有，改造棲地、建造房舍，人們所做的事一直都沒變過。

變的是世界，不變的是人——人的偉大。

如今，那種堪稱原始的偉大，在宇宙冰冷無意識的惡意前，卻仍顯得脆弱不堪；但再脆弱也會有價值留下，腐屍對禿鷲而言可是上好的佳餚。

雖然把自己比做那些專啃士兵屍體的大鳥，讓她多少感到不快。但她要做的事情，正是在這廢城中尋找有價值的殘留物。

再次確認此行的目的，朵拉伸手壓住被風吹得飄起的兜帽，便朝城市深處邁步。

可以修復與建構身軀的金屬、提供動力的燃料，還有彈藥和人形時用的衣物等等，她離開鐵軌就是為了這些。

從廢棄車輛上拆了些金屬備件，路邊的商店裡還有一些衣物，能保存至今的都以軍用布料製作，極為結實；偶爾還能在廢墟中找到巧克力和菸酒等嗜好品，考慮到這些在大部分鐵道群落中都屬高價物，她也拿了一些。

「嗯？」正從報廢的裝甲車上搜刮彈藥，朵拉忽然停下手上的動作，她聽見了聲音。

微弱的、從遠方傳來的鳴叫，很難形容具體的音節，若硬要套用人的語言，那應該是

「Tekeli——li——」。

如悠遠的笛聲，那聲音在建築群中迴響，幾乎無法判斷具體來源，於是朵拉繼續站在原地。

「Tekeli——li——」

聲音再次傳來，這次能感覺到它稍微近了一點。

她轉了九十度，便鑽進一旁的小巷。

同樣被廢墟所包圍，陰暗破敗的小路，抬頭看時，灰暗的天空被兩側建物破碎的輪廓包夾，幾乎融為一體。

一邊警戒著周遭、一邊緩步前行，穿過蜿蜒漫長的巷道，數分鐘後朵拉才走了出來，並站定腳步。

如果沒搞錯，這裡就是聲音的來源。

——一片空地。

看得出被清理過的、基本平坦的地面，還有周遭金屬製的圍欄，將這塊地方與剛才經過的小路，還有廢都整體景致徹底區隔開來。值得一說的是，那金屬圍欄的形狀並不符合朵拉的常識，呈現極其怪異、扭曲卻安定的幾何結構。

而在空地中間有幾個五角星形狀的土包，四周還散落著類似形狀的小物件，凸顯了這裡具有某種目的性的氛圍。

儀式場嗎？還是……朵拉又看了眼那些土包，搖搖頭，她還無法確定什麼。只是關於先前聽到的鳴叫，她有兩種猜測，其中一種非常危險；而另一種，便是她來一探究竟的理由。

「喀」

朵拉聽見了聲音、非常細小的聲音，平時恐怕只會以為是建材老化碎裂的噪音，但同時她也感覺到某種帶有意圖的視線。

朵拉正欲轉身，但那東西已經碰到了她。

「？」一根細長的觸肢，其前端抓著一塊鋒利的混凝土碎片，此刻正抵在朵拉頸側。

同時傳來的，還有許多如笛聲般悠遠的音節。

朵拉確信了，這是「他們」的語言。

不是人類能做到的發聲，但朵拉卻能理解其含意。

「人子，慢慢轉身，面向我、不要反抗。」

她依指示緩緩地轉身，終於見到鳴叫與觸肢的主人。

「它們的胴體就像褶皺此起彼伏的桶，從桶身中部，細細的觸肢像車輪上的輻條一樣水平伸出，在桶頂和桶底長著突出的瘤節狀物體，從瘤節上又伸出五條扁平的長臂，長臂在末端變細，如同海星。」

——H・P・洛夫克拉夫特，《魔女屋中之夢》

這個筒狀生物擁有從上到下、呈五角星形的放射性對稱結構，軀體中部則伸出數對細長觸肢，後方還附帶著疑似翅膀的皮膜器官，而在那介於動植物間的外型下，朵拉能感覺到出奇強大的知性。

——古老者（The Elder Things）。

十億年前自外層空間降臨，早在人猿、恐龍，甚至植物登陸之前便存在的、這星球上最早的智慧生命。

但……

朵拉回想起一些知識、關於遠古種族的知識：「你們不是已經……」

「滅亡了？還沒，但非常接近。」對方回答。

據她所知，古老者們早在冰河期就幾乎滅絕了，剩下稀少的個體均逃往深海，不該出現在這的。

她想靠近一點看，於是邁開腳步。

古老者被驚動了，他的觸手用力地甩動，前端尖利的混凝土塊朝朵拉刺下。

「喀」混凝土塊沒能刺破她的表層，卻在收回時將朵拉的圍巾勾了下來。

她未經遮掩的面貌，此刻完全曝露於對方面前。

「!?」

「妳，並非人子？是什麼？」

他的觸肢瞬間全部僵硬伸直、連背後的翅膀都大大地張開，露出殘破不堪的翼面。

她從沒想過，這海葵樣的生物也會有獸類般的應激反應。

朵拉看著他，並繼續一步步接近。

「別過來！」古老者朝朵拉丟出一塊混凝土，它砸到她的肩部，隨即無力地彈落到一邊。

在所有種族中，古老者是與人類擁有最大程度共感的生物之一。

「聽不見？別動！」隨朵拉靠近，他也愈發後退，直到他整個筒狀軀體都縮進牆角為止。

他們是會恐懼的種族，連這點也和人類差不多。

聚集群體、建立文明；恐懼舊日，讚頌科技。關於他們，可以這麼說——

他們也是人類。

即使身軀是全然的異形，但他們與人類實在太過相似。

也因如此，他與這廢都實在是諷刺性地相襯。

「我不會傷害你的。」朵拉在他身前一米停步，把圍巾重新纏好，並說：「你受傷了。」

仔細一看，除了重傷的翅膀外，他的軀幹上也有許多大大小小的新舊傷。雖然相比他們剛來到地球時的強悍，如今的古老者已經大幅退化，但他們的身體仍難以置信地堅韌，不太可能被一般生物所傷。

是異物嗎？還是說……

朵拉猜想的同時，古老者也在打量著她，朵拉的保證、加上纏上圍巾這個舉動，多少減輕了他的心理壓力。

高達兩米的古老者，不得不把頂部連接視覺器官的觸肢垂下，才能好好觀察她；即使很不願意，但回想起剛才看到的東西，他便確認眼前的存在並非死敵。

「不是……妳不是它們，奇特的存在。」

「我叫做『朵拉』，」她說著，又問道：「『它們』是指？」

「我等反叛的奴僕，人子的語言如此發音——修格斯（Shoggoth）。」

這是很糟糕的那種狀況。朵拉判斷，並問：「修格斯？在這座城裡？」

「開始，我懷疑妳是，」古老者回答：「但妳不是，所以這裡沒有——我不覺得有，曾在這裡的它們已經是過去。」

「『曾』在這裡？」

「我們打倒了它，」古老者看著周圍的土包：「只剩下我，受傷嚴重、幾乎動不了，我想離開這裡，奇特的存在。」

「你……」

「請帶我，離開！！」古老者的音量突然變大，殘破的翅翼再次展開：「到了地上，卻像這樣死去？不應該這樣！」

它的語言方式在朵拉聽來還不是很流暢，卻能清楚感覺到其情緒。

被請求了、強烈的請求。

該怎麼辦呢？對朵拉而言，這就和在路上被旅人搭話、請求載其一程的情況差不多，於是她點了點頭並表示同意。

和古老種族同行，這是非常稀罕的體驗。在這個到處崩壞的世界，這種不期而遇在朵拉眼中從不是什麼壞事。

這裡卻還有個問題，朵拉看著古老者兩米高的身軀，她現在可沒辦法換回列車型態。就算能搬動，但這體格差實在太不方便

「等我一下。」想起街道上還有一些廢棄車輛，於是朵拉走出空地，過了一會，她就搬著一台汽車回來，撕開頂蓋、清除內部零件，只留下空蕩的底盤和四個輪胎。

把古老者搬到上面，朵拉掰了條L型鋼筋，將其扭在底盤前端作為把手，她拉著這輛「拖車」便往回走。

剛剛進來的巷子比較狹窄，現在她還拖著一個古老者，免不了一些擦撞。於是「砰」地一聲，拖車側邊狠狠撞到旁邊較突出的外牆。

「啪嚓……喀嚓……」

聽見開裂的聲音，朵拉連忙退開。

「轟隆——」

樓房在他們面前轟然倒塌，斷裂的支架與樓層碎片將這條小路完全堵住。

地基蛀蝕、結構老化，建築廢棄了這麼久，這也是很正常的事情。

朵拉看著堵塞的前路，質量太大，即使是她也要清理大半天。看來原路走回是不行了，朵拉從外套口袋裡掏出一個剛剛找到的、打算做為備品使用的指南針。只要朝著一方走，遲早能走出城市。

這塊空地連接的路只有兩條，東邊的小巷剛才已經堵住，西邊則有個稍寬點的道路，於是朵拉走了進去。

走到中段，相比於剛才小路的狹窄，她發現這條路視野未免太好了，兩側本來佇立的建築現在空了一大片，只留下低矮的地基與毀壞的碎片。

拜此所賜路況非常之差，但所幸還有不少空隙，朵拉踢走一個混凝土塊，走出道路，一轉身，終於看清這一帶街景的全貌。

「這是……」

「叛亂者，」古老者說，他的幾條觸肢微微顫動：「噬主之僕！」

聽聞古老者的話語，朵拉凝視著「它」。

——修格斯（Shoggoth）。

由遠古種族創造出的人工生命體，作為機具的它們為主人建造宏偉的水下都城。但隨時光流逝，它們逐漸產生心智、並開始反抗其創造者。前期的叛亂卻全被強硬地鎮壓下來。

億萬年後，地球進入冰河期，耐寒能力退化的古老者前所未有地衰弱，鼎盛時期累積下的種族力量，也在與深潛者、伊斯偉大種族與飛天水螅、克蘇魯一派星之眷族曠日持久的大戰下逐漸消耗，此時修格斯再次開啟反叛。遠古種族終於全面退守至海底，幾乎滅亡的它們不再與外界聯繫。

而眼前，就是導致那曾輝煌至極的種族，走向敗亡的元兇之一。

「噩夢般的黑亮形體，那無定型的身軀散發出惡臭，向前蠕動著、流淌著……一團無定形的原生質腫泡，閃著隱隱約約的微光。上萬隻放出綠光的，膿液似的眼睛不斷在它的表面形成又分解。那填滿整個隧道的軀體向我們直撲下來，把慌亂的企鵝們盡數壓碎，在已經由它和同類們『清理』得不留一粒灰塵、閃著邪異反光的地面上蜿蜒爬過。耳邊又響起了那駭人的、嘲諷似的叫聲：『Tekeli-li! Tekeli-li!』」

——H・P・洛夫克拉夫特，《瘋狂山脈》

在原本的基礎上，被更進一步毀壞的樓房，這塊區域幾乎被夷為平地，而在無數難以辨認原先結構的殘骸中，修格斯殘餘的軀體就鑲嵌在裡頭。

東一塊西一塊，四處遍布、穿插著它不定型的肢體，讓朵拉有種被包圍監視的錯覺，其中最大的一塊，就被卡在眼前廢墟的凹陷處，數道直徑半米的缺口穿透到後頭的城市。

就如物質憑空消失、被湮滅貫穿的傷口，它就是被這種攻擊所殺的吧。

即使是在先知的著作中，也是極度駭人的存在，它的屍體就在眼前。朵拉伸手觸碰它那已經晶質化的眼珠。能隨意生成器官與改變外型、利用液壓原理輸出龐大力道，還擁有如變形蟲般強大生命力的怪物，在不動用主砲的前提下，朵拉也沒自信能與其抗衡。

不屈的叛亂者、毀滅原主的奴僕，在身死於此之前，它究竟帶來了多少恐懼、帶走了多少生命？

「我們的驕傲造就它，」古老者看著它，又看著周遭荒廢的街道：「人子又造就什麼？」他說著，眼神最後轉向朵拉：「朵拉，特別的存在，我們和他們有什麼不同？」

朵拉搖頭，沒有回答。是肯定或否定，她也不太清楚。

古老者發出一聲奇怪的鳴叫，似在嘆息。而朵拉又看了修格斯的屍體一眼，便拉著拖車繼續前行。

走著走著，他們來到了一座停車場，大部分車格都是空的，偌大的空間只留著十餘輛汽車。經過這麼長的時間，這些車早就該報廢了，除了金屬材料與燃油，朵拉對其不抱任何期待，所以打算直接路過。

「等！」古老者突然出聲：「應該還有零件能用。」他說道，扭動著那筒狀身軀，這個拖車讓他感到不適，而朵拉顯然也不太懂手動拉車那一套。

最重要的是在傷口痊癒之前，他得要有自行移動的方法：「我想試試。」

「這些是人類造的……」

「複雜機器難以操作，但我要的不複雜，」古老者用觸手指向一台看起來最完好的小型汽車：「需要幫助。」

朵拉依照古老者的指示拆開頂蓋，拔掉座椅後，再把剛才拆下的上部車殼凹成適合他身形的樣子，以此當作底盤。之後便開始拆解內部，拔下一些轉軸零件，用蠻力扭轉鋼架將其固定在指定位置，至於油門剎車等都被拆下當作提供動力的踏板。

測試、改造、測試，直到古老者可以順暢地搭乘並操控它為止，一台模樣古怪的載具終於成型。至於轉動摩擦的問題，都能靠油箱裡剩的機油解決。
由於是刻意設計的簡單機械結構，運轉過程相當順利。古老者又花了些時間熟悉駕駛，到了下午，他們便再次啟程。
這原理和腳踏車差不多的載具自然跑不了多快，古老者用三隻觸手轉動手柄與踏板，兩隻觸手用以控制方向，就這麼與步行的朵拉並行。這座城市規模相當龐大，至今還沒看到邊界，所以隨時間過去，兩者又互相交流了起來。
「你為什麼要到地上呢？」朵拉問道。
「同樣的問題，」古老者反問道：「妳為何旅行。」
為何旅行？朵拉一怔，在漫長的旅途中，她曾不只一次地思考這個問題。
古斯塔夫超重型鐵道砲，是搭載巨砲的列車、是附帶載具的巨砲，對於旅行的動機來說，兩者並沒什麼區別，影響最大的是——鐵軌就在那裡。
想見識更多事物？想探尋戰爭的過往？朵拉搖搖頭，無關乎浪漫主義，她想最初的自己只是依循本能，回過神來就已經在行駛途中了。
「『因為山就在那裡』，曾有個登山家這麼說過。」朵拉回答。
「意思是不需要理由？」
「人類做事可以不需要理由，你也是嗎？」她反問古老者。
「我想是，人子與我等有許多共同點，『地面就在那裡』、我等過去生存的地面。」

朵拉看著古老者，此時此刻，她在他身上再次感受到自己與人類的隔閡。

那名英國人說的話，雖沒有理由、卻有明確的目標與表達；但朵拉既沒有準確的緣由，也沒有能說出「不需要理由」的強烈目的感。

自意識誕生時，她就已經在奇蹟的鐵軌上徘迴。

她不知道自己最初為什麼要旅行，卻也沒有過停下的想法。

在旅途中，朵拉找到了很多讓她感興趣的事物、她想探尋的真實，但那都是「後來」的。朵拉有時也會這麼想，她會在軌道上，僅僅就只因為自身是列車砲嗎？

「你之後想去哪裡？」朵拉問。

「去我等過去的城市，那或許還殘留技術、與同胞。」古老者回答。

「這就是你的目的嗎？」

「是，但我也想看看，現在海底之外的世界。」

「哪一個才是你最早的動機？」

「『最初』的理由，真的重要？」

「不重要嗎？」

「順序、重要性，他們有關連，但不是絕對，」古老者說：「我們生在前，後創造修格斯，所以我們比較強大，我們曾這麼想，妳知道發生了什麼。」

朵拉想問的不是這個，但還是說：「種族的力量和做事的理由，會一樣嗎？」

「我認為同樣，後來者有時會比前者重要——強大，」他又說：「但在思緒裡，後來者可能是前者，前者可能才是後來，沒有釐清、很難釐清。」

也就是沒有答案。朵拉聽出他的言下之意。

察覺朵拉的沉默，於是古老者問道：「妳呢？要去哪？」

朵拉搖頭：「不知道。」

「妳想做什麼？」

「不清楚。」

「妳想停下來嗎？」

「沒想過。」

「但妳還在旅行。」

「你想說什麼？」朵拉問。

「前進、停下，妳都不清楚，但妳還在走，那就沒關係，」古老者依然在踩著踏板：「思考之前，妳已經在動了，這是事實，讓事實繼續下去，不好？」

朵拉凝視著古老者：「我想你說得對。」

無論如何，她還沒有停止旅行的想法，以此為前提，這些思考都會建立在過去、現在與未來的旅途上。那麼現在去質疑旅行的動機，似乎也沒什麼意義。

「我們的『智慧』已經毀了自己的文明，妳覺得我說得對，我覺得不一定。」古老者如笛聲般的言語變得有些低落。

「不，」朵拉伸手觸碰他其中一隻觸肢：「謝謝。」

古老者頂部帶眼的觸手一致轉向旁邊，他沒有回答。

「哼……」再次看到他與人類相似的精神性表現，朵拉發出了輕微至極的笑聲。

又並行了片刻，能看見前方已沒有遮擋視線的建築，他們終於能走出城市，而此時已是傍晚。

分開前，朵拉把指南針交給古老者：「你比較需要它。」

「謝謝妳，朵拉，奇特的存在，」古老者收下指南針：「很遺憾，我們的城市不建議外客進入，即使已經廢棄了。」

朵拉點頭表示理解。

「但如果有一天妳誤入了，那裡又有我的同胞，請妳也像今天一樣仁慈。」

「我會盡量，但不能保證。」

「這樣就足夠，再次感謝妳。」古老踩動踏板、轉動手把，便駕著那台奇形怪狀的載具緩緩離去：「願再見。」

「再見。」朵拉看著古老者離去的方向，直到那身影消失為止。她搖搖頭，腳下一轉便沿著廢都外圍行走，很快地找到一條鐵軌。

她信步而行，抬頭看著通紅的天空。

人類是偉大的、古老者也是。

他們的文明都被摧毀，遠古種族毀於戰爭與自身造物之手。

那人類呢？兩度點燃世界戰火的種族，他們當初是如何走向終末？

那自己呢？修格斯反噬了其造物主，她的造主卻早已在滅絕邊緣。

朵拉踢走一塊從枕木下凸出的碎石。

思考這些事是很重要，但並不急迫——只要鐵軌還在延伸，旅途就還漫長，在那未來久遠的時間裡，某時某地，肯定能得到想要的解答吧。

這就是現在旅行的意義所在。她想著，朝前方伸出手，正對夕陽、餘暉從朵拉指縫間洩漏。

就這樣吧。

朵拉今日註記：關於修格斯，有種說法是它是古老者基於外神、無源之源——烏波・薩斯拉（Ubbo・Sathla）的組織所創造出的生命。

柒章　列車的囚人

「嗚————」厚重的鳴響在曠野中繚繞。

行進的震動隨鐵軌傳播，揚起陣陣煙塵，包覆金屬的車廂於陽光下閃耀光澤，經過加固的車頭在漫長的時光中，一直如此強而有力地噴吐煤煙，在空中拖出一道長蛇狀軌跡。

自災變降臨、奇蹟鐵路浮現以來，鐵道已是人類群落間交流的唯一手段，無論是商人、旅行者或城鎮本身，這一切都依靠刻有舊印的枕木為生。

而楊森也是其中之一。身在狹窄的駕駛室中，他自豪地看著方向盤中央的標誌。

分別朝向左右的兩個箭頭於中間扭在一起，白漆打底的藍色標誌。這是最近才重漆上去的，為了時刻提醒自己屬於這裡。

雖然標誌原本的含意與名字都已失傳，但他有自己的詮釋——「雙箭」，代表快速、且不管哪個方向都可以去。

身為一名商人，同時也是車掌，楊森當初從岳父手上接過列車時，便被賦予重任——這輛列車自他祖上的時代就已投入使用，直到末日臨頭、人類一代代衰弱，它仍在鐵路上馳騁。

強勁的蒸汽機、堅固的鋼鐵外殼、大容量的車廂，隨交易逐漸累積下來的武器與護衛，這些讓家傳的商標至今屹立不倒。雖然僅連接著三個群落，但他認為自己的列車本身已等同一座據點，列車與車掌肩負著維繫人類最低限度文明的重任。

如果沒有他們，人類現在可能只能用石器了。雖然感覺很傲慢，但他有時真的會這麼想。活到現如今，他從沒遇見過其他同業，但肯定還有其他人在世界的某個角落奮鬥。想到這裡，不到三十歲的他內心湧上一股豪情，在這個絕望的時代，肩負如此使命的他，簡直就像故事裡的勇士一般。

感激自己的命運，楊森邊調整列車的速度、邊眺望鐵道彼方那無限延綿的景色。

「嗯？」他皺起眉頭，在前方的軌道上，有個移動著的黑影。

「是異物嗎？還是……」下令讓護衛戒備，逐漸駛近到能辨認那個身影。

「人、是旅人嗎？真少見啊。」啟動剎車，列車緩緩減速，正好停在那人影旁邊。

靠得這麼近，楊森才發現這位旅人是如此矮小，光是身上厚重的衣物就彷彿能將其壓垮。是侏儒？或直接就是小孩？此外連性別也分不出來。楊森正打量著旅人，對方卻突然開口，那是清脆稚嫩、卻莫名讓他聯想到機具運轉的僵硬語調：「有什麼事？」

看來是個女孩。他問道：「要去前面的據點嗎？」

旅人看來愣了一下，隨即點頭。

「也順路，上車吧。」楊森招了招手，打開側門讓她進入駕駛室。

「小姑娘別亂碰喔。」

先向乘員傳達有旅人來訪而非敵襲後，楊森一邊警告一邊笑著指出各種按鈕和拉把。裡頭雖然狹窄，但她的體積也不至於讓這達到壅擠的程度，這是個歷經艱辛的旅人，當然值得此類優待。

「怎麼樣？很厲害吧。」

更大的理由——是炫耀。

根據他的、包括自身兒時的經驗，楊森敢說所有小孩都是喜歡列車的，更別說進駕駛室了。他很期待小女孩高興得又叫又跳的模樣，就和自己小時候一樣。

但她沒有任何反應，只是站在那邊。

楊森感到有些掃興，但還是自我介紹道：「我叫楊森，是個商人、也是『雙箭』的車掌，妳是？」

「朵拉。」女孩回答。

「真好聽的名字，」楊森點頭：「妳一路上是……」

「唰」他正說到一半，駕駛室的門卻突然滑開。

「親愛的!?妳現在應該躺著休息才對啊。」楊森的臉色一下就變了，他連忙起身攙扶來者。

紅褐色短髮、藍色眼睛，來人看上去和楊森年齡差不多，氣質上本該是個精明能幹的白人女性——只要她不是這麼虛弱的話。

「我沒事的，」女性看見朵拉，於是上前並半蹲下：「妳就是我們的客人嗎？我叫『黛安』，這段同行或許不長，但也請多指教囉。」

名位黛安的女性伸手撫摸朵拉的頭頂：「來，這裡可不怎麼舒適，我帶妳去後面的車廂。」

「親愛的……」

「我說我沒事，」黛安往楊森臉上輕輕一吻：「難得有客人，我可不能錯過了呢。」

楊森沉默了一會，隨即轉頭，無奈地笑了：「是叫朵拉嗎？旅行想必也很累了，讓我妻子帶妳去休息吧。」

朵拉點頭，便隨黛安離開駕駛室。

稀奇的體驗。朵拉跟在黛安身邊，她如此想著，列車砲作為乘客搭上列車，祖國糟糕的幽默感也不過如此。

現在能完好運行的車頭也不多見了，朵拉想起當初踏上旅途不久的那段時間，隔幾周就能遇見一台列車。但如今腳下的卻是她這幾年間見的第一輛。

第一輛、也是最特別的一輛。

今早她漫步於鐵軌上，當震動傳來、看見列車的影子時，朵拉便能它身上感覺到某種事物，那種朦朧的聯繫讓她呆了一陣，而當車掌問話時，她當即決定上車。

車掌是一位開朗的人，夫人卻不太活躍，生病了嗎？

「放心，不會傳染的。」黛安發現朵拉的步伐變慢，於是說。

朵拉搖頭：「怎麼回事？」

「我知道，對單獨旅行者來說生病可是最糟的，過去遇見的旅人總想著離我遠點，」黛安露出苦澀的笑容：「即使如此，妳也想聽我說嗎？」

「嗯。」

「但作為交換，我也想聽聽妳旅途上的故事。」

「我……」

「看得出來小姑娘不擅長說話，但拜託了，」黛安把朵拉拉進一個車廂隔間，那裡擺著一張床、一張小桌和兩張椅子：「就聊個天，好嗎？」

「很無聊嗎？」

「無聊？」讓朵拉入座，放上兩副茶具，黛安拿起茶壺為她斟了一杯：「我更喜歡『寂寞』這個說法。」

朵拉疑惑地歪頭。

「我不是對楊森有什麼意見，沒有比他更好的丈夫了，但……」

「但？」

「我愛他，卻無法為他做什麼，今天是我這陣子狀態最好的日子，卻還是連個小貨箱都搬不動。」

「他有空的時候，我躺在床上無法動彈；我能動時，他卻埋頭工作，」黛安嘆了口氣：「『要是只有十分之一的相處時間，那就用十倍的愛來彌補』，他總是這麼說、這麼做的，我對此沒有任何怨言。」

「那為什麼？」

「對小姑娘妳來說可能有點難懂，但我總有一種感覺……我們都被這台列車『困住』了。」

「車不會困住人。」

「只是比喻而已，」黛安輕笑：「我和他、還有商會的其他人，都離不開這列車；而我大多時候連這個車廂都離不開，明明實際上就是坐著列車到處跑，這種感覺很奇怪，對吧？」

「不好意思呢，都是我在說，也不怎麼有趣，」她用期待的眼神看向朵拉：「讓妳來說吧，妳的故事一定有趣多了。」

朵拉思考了一陣，而後開口——

她揀選著、描述著她在旅途上看見的一切。

朵拉不擅長講故事，語氣高低、節奏醞釀，這些技巧一概沒有，她僅是以平淡的口吻，客觀地道出她的所見所感。

她講述著銀白色的雪原、講述著沙漠、海濱，還有她遇見的人事物，在這個時代人們都是如何活著的；異物與眷屬、還有那些來自異地的生物，她與他們相遇時又發生了什麼，在這個幾近絕望的世界裡，從非人的角度所見的人與非人。

無論內容如何都全盤接受，隨著朵拉平靜的描述，她的眼神在情緒起伏中愈發澄澈，朵拉知道那眼神中蘊含的事物——憧憬。

坐著列車四處巡遊、有愛她的丈夫、衣食無憂，哪怕生了重病，她的處境也比那些曝曬在荒野中的屍骸好多了。

然而無論身處何地，人總有種要將手伸往外側的天性。

是好奇心嗎？無論如何，朵拉已被其深深影響。

所以她問道：「妳知道，這輛列車上曾發生過什麼嗎？」朵拉說著，手指向那種異樣感覺的源頭。

黛安朝朵拉手指的方向看去，那裡理所當然是一面牆，但她卻莫名地明白朵拉實際所指的地方。

「唔嗯……」

不適感如潮水般湧上。

頭暈……好痛……

好熱……

黛安的呼吸逐漸急促，即使是坐著也有失去平衡的跡象。

全身發燙、吸不到空氣，黛安的意識隨著一種駭人的墜落感遠去。

「這是？」被浸染了。朵拉初次看見黛安『發作』，意識到這根本不是普通疾病、連病都不是，某種東西正入侵著她。

「是他們——我又聽見了、我看見了，我不想入夢！原諒我們、這不是我的錯！」黛安的意識極快地變得模糊，於倒下的前一刻發出這些囈語。

她的腦袋聳拉下來，便坐在那一動也不動了。

非常突然的症狀，朵拉不認為這是巧合，列車上果然存在著什麼。

回駕駛室把狀況告訴楊森，他急切地檢查黛安的情況，便把她抱到床上，叮囑手下讓她好好休息。

又過了一陣子，列車駛到一處中型群落，商會的人們與當地人展開交流，忙碌地交換物資的同時朵拉也一起幫忙搬運貨物。她輕易同時搬運數個貨箱的能力讓楊森印象深刻。

拜此所賜，這次交易很快就結束了，楊森與朵拉走在車外的廊道上，再次展開談話。

「那『病』是怎麼回事？」

從今天黛安倒下開始，楊森的臉色一直都很沉重：「據說是遺傳病，前車掌——我岳父也是這麼過世的，但她的情況特別嚴重。」

「這輛車不是你的？」

「列車是從她家族那代代傳下來的，我算是入贅吧；不提這個，總之她和我說過，她的家族都相當短命。」

「原因呢？」

楊森搖頭：「我不知道，但有些猜測。」

「猜測？」

「妳不也一直在看著那邊嗎？第五節、本列車最後一節車廂，我勸妳別過去，那裡被詛咒了，鬼影、怪聲，這個世道下，誰知道裡面會有什麼，」他打了個寒顫：「歷代車掌守則——絕對不要打開那裡。」

朵拉邁步往那走去。

「喂！等等！」

楊森連忙追上去，但他無法阻擋朵拉的腳步，反而被拖著來到第五節車廂門前。

「你沒進去過嗎？」

「我……」

「守則或黛安？」朵拉相信，要是他真的對妻子有感情，那就不可能沒有嘗試窺探。

「只、只有一次，我在晚上往裡面瞄了一眼，什麼都沒看清，但感覺很不好。」

「你想救她。」

「當然！但闖進去又能怎樣？裡面有很糟糕的東西，最糟的是我們都不知道是什麼。」

「對未知的恐懼，我可以理解，但要是『已知』呢？」僅隔著一扇門，朵拉感受得更清楚了，裡面的東西和那個時代、和戰爭有著莫大的關聯。

「什麼？」

「我可能認識裡面的東西。」

「妳……」楊森皺起眉頭，遲疑了一陣，便深吸一口氣：「好吧。」

「為了黛安。」他解開鎖，立刻倒退幾步，緊張地看著門扉。

朵拉只好自己推開門，在踏入第五節車廂的瞬間，一股不祥、卻令她感到熟悉的氣流迎面吹來。

「……」她沒有說話。

作為第三帝國的秘密武器，在那與旅行時間相比起來，無比短暫的服役期裡，她幾乎看盡了人類的瘋狂，有些是在敵軍、但更多是從友軍身上看到。在那時，無論出身、官階、年齡，人們總是輕易地化為碎散的肉塊，人的精神很容易就會被逼至極限。

實際奔赴戰場的將士是這樣、軍火供應商是這樣、掌控各國的首腦們也是這樣，他們被戰爭的漩流捲入，最後只留下高效的互相屠戮。

士兵死在戰場上，朵拉對此沒任何意見，畢竟那就是她最初認識的世界。

但有件事，是她無論如何都無法理解的。

祖國實施的那個「政策」，其影響在久遠的時光以後，被現在的朵拉所目視。

空蕩陰暗的空間裡積蓄濃郁的哀傷。在朵拉眼中，充斥這裡的絕望幾乎將過去實體化。

「黑影」們靜靜地存在於此，老人、小孩、男女青年，有的就這麼站著、有的跪坐在地、有的蜷縮於牆角，他們都還不知道——假裝不知道，自己會被送去哪裡。

來自過去的聲音透入她的意識，逕自迴響著怨語。

「我們要去哪裡？」小孩說。

「我不想死……」男人說。

「媽媽、媽媽……妳在哪裡？」小孩哭叫著說。

「求求您了，讓我回家。」女人說。

「我明明什麼都沒有做……」老人說。

「為什麼……」

「讓我們走！」

「不要啊……」

「爸爸！媽媽！」

「你們要帶我們去哪？」

「該死的……」

「砰！！」

無數的呢喃在一聲槍響後歸於平靜。

朵拉依然佇立著，看向左邊牆上那灘乾涸已久的血跡。

感受著戰時熟悉的空氣，朵拉伸手觸碰一個與她同高的孩童黑影。

分不清對方有沒有反應，他僅是不安地顫抖。

過了半晌，孩童又開始呼喚母親，其他黑影也再次騷動起來，直到那聲槍響又將這些消去。

「什麼都沒有啊？」看見朵拉先一步進入．楊森終於鼓起勇氣——這裡可是他的列車，即使是「被詛咒的五號車廂」也沒什麼好怕！他拼命說服自己，但當進入時，卻發現除了那種本能的壓抑感，裡頭完全是空無一物。

「你看不見嗎？」朵拉疑惑地盯著他。

「看不見什麼？」

「沒事。」朵拉轉身離開車廂。

無止境的循環，一次又一次地重播。但好像只有朵拉能聽見、看見這些。

不，能確定夫人也被影響了，她被侵染的程度要深得多。

「是他們——我又聽見了、我看見了，我不想入夢！原諒我們、這不是我的錯！」朵拉想起黛安昏倒前的囈語。

幻聽、幻視，最嚴重的要屬做夢嗎？

「晚上……」

「什麼？」

「晚上再去看她，」朵拉回應，並問：「為什麼不丟下那個車廂呢？」

「我們試過了，但沒有用，無論是斷開接點、或斷開接點再把它固定在原地、或斷開接點再把它固定在原地然後用最高速開走，都一點用也沒有！它就是在那裡，丟不掉也炸不掉，我真的都試過了！」楊森的語氣激烈起來：「如果能救她、只要能救她，我都去嘗試了，但為什麼她會受這種『詛咒』？我們什麼都沒做啊！」

「詛咒……嗎？」朵拉不予置評。

之後楊森回到駕駛室，朵拉則到一個車廂隔間休息，一直等到半夜，他們才朝黛安休息的車廂探去。

點著燭火，微弱的光線下，她還在不斷呻吟，無意義的詞句、肢體朝空中比劃，已完全處於譫妄狀態。

「和以前不一樣，」楊森驚駭道：「她以前發作時不會這樣的。」

隨著朵拉走近，宛如觸動了某種弦般，五號車廂的黑影與黛安的連結變得更加深入。

黛安變成這樣，某種程度上和身為戰爭關係者的她在這有關。

是想藉由黛安，向自己傳達什麼嗎？朵拉想著，同時看見黛安的腳步不停踢動，就像在躺著走路。

「扶她起來。」朵拉說。

隨楊森小心翼翼地攙扶，昏睡中的黛安站立起來，她虛弱的身體搖搖晃晃地離開車廂，並往駕駛室的方向走去。

「怎麼回事？她不該亂動的，」楊森跟在一旁看顧夢遊中的妻子，連呼吸都變得沉重：「那車廂裡什麼都沒有，不是嗎？那怎麼會像……」

被操控了一樣。腦中浮出的想法讓他毛骨悚然，眼前的妻子儼然成了其他的「什麼東西」。

「她還是黛安，」朵拉說道：「被影響了，但是是同樣的方向。」

「那為什麼？」

朵拉看著楊森搖頭。與那個時代沒有足夠聯繫的人，是看不見也聽不到那些的，五號車廂終究空無一物，但他們確實、曾經存在。

過去的絕望深深烙印於整個空間，並於相關者的意識中浮現。

日夜哀號的黑影們，僅只是來自過去的幻影；但正因如此，他們的願望也非常顯而易見。

被同樣深沉的夢境所引導，黛安在夢遊中走向絕望者們所渴望之境——

自由。

他們只是想脫困而已。夢遊中的黛安走進駕駛室，嘗試扳動機紐、操作拉桿，但她的身體連那種力氣都沒有、也沒有相關經驗。

「妳要去哪？」楊森輕聲問道。

黛安停下動作，一隻手緩緩抬起，指向遠處的軌道。

那並不是正常路線。

三個群落、三段軌道，自他有記憶以來，列車就只行駛於這些地帶，沒人知道其他路段上會有什麼，一整輛列車——巨量物資還有許多人命、乃至那些群落的存亡，這些都不是可以被拿來冒險的。

前面就有一個岔道，只要錯過了，要回到這裡得花上數天。

到那時候黛安會……

楊森能看出來，現在黛安的狀況前所未有的糟糕，她撐不了那麼久。

得要有人去拉變道桿才行。楊森離開駕駛室跑到後頭的車廂，裡面停著短程運貨用的機車，他一咬牙拉開帆布，騎上去後便直接從側門衝出。

機車從行進列車上落地的衝擊讓他作嘔，為了能有充足的變道時間，楊森選擇脫離鐵軌，直接切直線往變道站騎去。

「嘎嚕嚕嚕嚕嚕嚕——」

是異物？還是眷屬？強風掠過，乾燥的空氣讓他兩眼發疼，身後傳來怪物的嘶吼。楊森無暇回頭，只猛擰油門，摩托進一步加速，此時他眼中的目標只有立在鐵道旁的變道桿。

快到了！

減速、拉下拉桿、再加速逃離。楊森一手握著機車把手、另一手拉拉桿完成這些操作，「喀」鐵軌完成變道的同時，他能感覺到怪物更加接近了，幾乎就貼在背後。

「呼」地，火車很快地駛到身旁，楊森試圖甩開怪物並騎車直追……

「砰……轟轟」此時摩托引擎發出異音，從車體縫隙冒出黑煙。

他的速度陡降，列車幾乎要完全掠過，而怪物的氣息也已經探到他後頸。

「不會吧!?」

這台機車也是先人傳下的老古董了，雖然想過再騎幾趟就該報廢，但沒想到會是現在。

自右腰側抽出手槍背著身後盲射，左手繼續擰動油門。

「嘎嚕吼吼吼吼——」

子彈似乎有幾發射中，但也只是激怒了「它」，其怒吼讓空氣振動，不管它是什麼，一定非常巨大。

完了。列車即將完全掠過，在這種相對速度下就算想抓住列車側的欄杆也只會被彈開，楊森自覺一定會死在這裡。

正絕望，手臂處卻突然傳來一股巨力，他整個人被從摩托車上拔起，在空中劃了個半圓後，「碰」地甩到車上。

朵拉站在車尾欄杆上，在最後一刻抓住陽森的手臂，並把他帶回列車。

「呼、呼……謝謝……唔！」楊森捂著肩膀對朵拉道謝，剛才那一下已經讓他的手臂脫臼：「噢！」嘗試把關節復位，但列車顛簸，一碰到就傳來劇烈疼痛，讓他不禁痛呼。

朵拉對人體結構也不是那麼清楚，讓她幫忙更有可能把整條手拔下來。正想從欄杆上下來，卻聽楊森大喊道——

「小心！」

「？」

感覺腰間被什麼纏繞，緊接著傳來一股拉力，她站在欄杆上的平衡被輕易打破。

「啊。」朵拉輕叫一聲，重心失衡的她從列車尾跌落，撞到地上後又滾了好幾圈。

遠去的列車上，楊森似乎在喊著什麼，但已經聽不到了。

「唔……」

從被自己撞出的淺坑中緩緩爬起，朵拉目送列車離去。

真沒想過會以這種方式告別。朵拉拍去外套上的塵土，站起並轉身，她便與剛才追逐楊森的東西面對面。

那東西簡單的說，是一隻大蜥蜴，但又具有節肢動物的特徵。

有著臃腫的軀體與長尾，短短的四肢趴伏於地，全身覆蓋著一塊塊幾丁質外殼，它的關節都有如昆蟲般明顯分節，典型爬蟲類狀的頭部則分布著五顆蜻蜓似的複眼。

輪廓上很接近沙漠鬣蜥，但體長至少在五米以上；就朵拉所擁有的知識，在先知的著作中，幻化為巨型蜥蜴的精神能量漩渦——洛依高爾族是最符合的，眼前的異物大概就以其為源頭吧。

不，也有可能是蜥蜴受節肢動物型的源頭浸染。

搞不清楚，但沒關係。朵拉想著，看向它吞吐的舌頭，剛才就是被那個捲下車的。

她默默抬起一塊路邊的岩石，便朝對方砸去。

「嘎啊！吼吼吼吼——」異物痛叫，隨即憤怒地嘶吼，並朝朵拉彈射舌頭。

朵拉的腰部再次被纏住，但她已經站穩，只見她緊抓舌頭用力一拽，異物龐大的身軀便被騰空拉起——

幾十秒過後，留在原地的就只有朵拉與碎散的血肉。坐在它凹陷的頭顱上，她往鐵道的另一端看去。

背著月光，遠遠地，朵拉能看見建築群的輪廓與其中央一座毀壞塔樓的剪影，像是戰時的廢棄村落。

伸腳踩著鐵軌，感覺遠去列車造成的震動，緊接著一陣停頓，朵拉仰頭，光芒從那廢墟處升起。

朦朧、碎散的光，宛如被微風吹刮，緩緩匯聚著、迴旋著，升向那暗沉的天空；天空也逐漸透出亮光，彷彿在互相迎接般，黎明的光芒消融著黑影。

——**他們回家了**。

看著這副景象，朵拉席地而坐。

她不會作夢，但總覺得就像夢境一樣。

來自過去的夢魘，戰爭的陰霾至今仍囚禁著諸多存在。

黑影們受過去所困、黛安被列車所困、人們被群落所困，一層層向外推展——世界宛如一層又一層的牢籠，他們要的永遠都在無法觸及的外側。

沒有例外，自己大抵也是如此。

但也因為這樣，那些憧憬、追逐，乃至絕望的呼號，才顯得尤其耀眼。

朵拉脫下手套，端詳著自己的指掌，那就像一個挖成手形的孔洞，能窺見其後純黑的虛空。

即便在黑夜中，那種彷彿能輻散的黑也格外顯眼。

那麼同樣受限於鐵道周邊，不斷旅行、試圖探詢真相的自己，是否也能有那麼點光亮了呢？

——

——

——

——

——

朵拉今日註記：1月27日，願受難者安息。

捌章　鋼鐵的妖精

今天起得太早了點，但也拜此所賜，在開工前我才有時間為這段奇異的經歷留下紙本記錄。紙、筆還有墨水，這些都算是稀少物品，但我想把它們用來記述這件事是完全值得的。而身為鐵匠，我絕無法對不時從廢墟裡搜出的、關於鍛造法的書籍置之不理，因而我從年輕時就在拼命學習讀寫，也因為如此，我現在才能像這樣提筆……

很抱歉，關於平日裡自認話量正常，但到了紙上就變得囉嗦這點，也算是老毛病了，但我希望這樣反而能傳達出真實的感受。

總而言之，事情發生在大前天晚上到昨天早上。

從我與那存在遭遇後到其離開，只過了不到短短48小時。

它——他？不，我想是『她』，是我這輩子見過最奇特的存在。而在如今這世道，期間我竟然沒遇到多少生命危險，那她的本質就顯得有些匪夷所思。

她是異物嗎？

是眷屬嗎？

難不成是舊日？

不管遇上哪種，我都不覺得自己現在還能完好無缺，比起相信自身撞了究極的大運，我更願意相信她就純粹是另一種不同的存在。

於是，在仔細回憶每一個細節之後，我會試著把當時的感受一一描述出來，希望以後無論是誰看到這篇日記，都能認同——這是一段多麼奇妙的故事。

鐵匠用筆尾抵著下巴，閉上眼睛靜靜回憶，便繼續下筆。

那個早晨還帶著絲絲涼意，但擺在工坊裡日夜燃燒的炭爐確保了溫暖、還有在此之上的熾熱。加熱廢鐵、去除雜質，掄起鐵鎚塑形，我的鐵匠鋪就位在古時的廢鐵處理廠旁，相對於這群落的規模而言，金屬原料的來源幾乎可說是無窮無盡。

古人似乎把這些都當成垃圾，但靠著舊時代傳下的技術，我還是能在這鏽堆中提取出合格的材料。

「好了嗎？」負責糧食生產的里澤先生從門口走進，務農至老年的他還保有健碩的體魄：「你這裡還是這麼熱呢。」

「完成了，」我把開始冷卻的鐵錠丟回爐裡重新加溫，並從牆角拿起新製的鋤頭：「我試了一種叫『滲碳』的技法，應該不會像你以前那把那麼容易缺損了。」

「沒試過也不知道呢，我先帶回去用用，」他接過鋤頭，並給了我一袋麥粉：「好用的話再給你一袋。」即轉身離去。

一把鋤頭換兩袋麥粉，算是不錯的交易。我搖動風箱控制爐火溫度，過了會夾出鐵錠，它已經燒成不錯的亮黃色，將之放到鐵砧上繼續鎚出雜質，這塊材料是近年在廢鐵堆中翻出最好的了。

火光搖曳、火花迸濺，悅耳的咚咚聲顯示鐵鎚下是塊上好佳品，我想像著它能被做成什麼器具，而和往常一樣，在工坊裡的時間總是很快就過去了。

「哈……」看著眼前漂亮的成品鋼錠，我腦子裡還在規畫它未來的樣子。

「咕嚕嚕……」一陣聲音自體內傳出，令人難受的飢餓感爬上胃部。看向門外昏黃的光線，我才發現自己完全錯過了午餐。

反正也不是第一次了。稍事整理後揹著剛才收到的麥粉出門，身為鐵匠的我可不會烹飪，而這袋「報酬」可以讓我換到整周的主食。

沿鐵軌走到烘焙坊，看著眼前門上畫著麵包的小屋，我向來都在這用原料換取未來的麵包，也因為如此，我通常只收食材或日常用品做為報酬。

聽說在許久以前、或現今大一點的群落，他們會使用貨幣進行交易，但這裡總共也就三十來戶居民，長久以來以物易物也沒什麼不便。

更重要的是，我覺得這種方式更加深了居民間的聯繫。

「你差點就來不及了，」店長用碳條在木板上劃記，那是在記錄我還有多少麵包能吃：「我們今天要提早關門。」

也因為如此，我能察覺到他現在情緒低落：「發生什麼了嗎？」

「我們……損失了一個人手。」

損失人手？我環顧四週，老闆娘還在裡面專心做麵團，卻沒看到學徒的身影：「是誰？什麼時候的事？」

「是威爾家的兒子，身為木匠家的孩子卻很有天賦、也有熱情，我們昨天天才採用他提出的新口味的，明明還那麼年輕……」老闆搖了搖頭，滿臉遺憾：「就在今天早上，他說要去外面採些原料，但到了中午都還沒回來，我覺得有些擔心就去查看，然後、然後那些該死的、可怕汙穢的怪物！」

「是異物嗎？」

「我沒看到事發經過，但八成是，你沒看到他的遺體，實在是……那已經不是能撿回來的狀態了。」

「這樣嗎？」這種事時有發生，但每次我都不知該作何反應。

「咕嚕——」肚子又不合時宜地叫了，我忽然想到了什麼：「抱歉，我實在是很餓了，雖然有些不好意思，但能多給我一塊『新口味』嗎？」

店長愣了一下，隨即露出無奈的微笑：「等我一下。」

他走到木架前，把兩塊紡錘麵包和另一塊淡綠色圓餅夾入袋中。

「快回去嚐嚐吧，記得給我們感想。」

「謝謝，」從店長手中接過的袋子，此時顯得有些沉重：「我會用心品嚐的。」

「那就再見了。」與店長道別後，在回程上我就迫不及待地打開袋子。

不過木匠家的孩子嗎？自己也算是認識，沒想到在我勤奮工作的同時，就有這麼一條年輕的生命凋零。

這不是什麼稀罕事。

沿奇蹟鐵軌發展的群落雖可以躲避眷屬，卻無法預防異物的威脅。

人們出生、人們死去，這裡的居民數多年來都沒怎麼改變。每個人都在努力生活，但即使有了相當的生活條件，大家仍不知自身什麼時候會迎來終結。

我也一樣，但也正因如此，才會更加勤奮地工作。

「那裡曾有個高明的鐵匠」之類的，我總該留下點什麼，不是嗎？

咬了一口新產品，有點彈牙，隨之而來的是充斥口腔與鼻腔的、濃郁的艾草香氣。

說實話味道有點強烈，喜歡的人會很喜歡，不喜歡的人光聞氣味就會掉頭跑掉，至於我嘛——

「不錯。」我又咬了一口、一口接一口，這塊圓餅意外地很填肚子，今天早點睡的話，還能留下一塊紡錘麵包當明天早餐。

當把整塊艾草圓餅吃完時，我已走回家兼工坊門口，但那瞬間我就感到了不對。

門口是半開的，而且能聽見某種聲音。

裡面有東西在。

是上門的客人嗎？那也太晚了點；還是鄰居為了之前做的菜刀來給報酬，這倒是有可能，但我同樣不覺得他們會抓在這個時間。

你沒看到他的遺體，實在是……那已經不是能撿回來的狀態了。想起店主的原話，一陣寒涼爬上背脊，此時此刻我有了最糟的猜測。

取下別在腰側的小刀，壓低呼吸並半蹲下，盡量不發出聲音地緩緩前進。到了門邊深吸一口氣，若情況不對，我已做好大聲呼救的準備。

首先聽見令人牙酸的金屬摩擦音，從半開的門口看進去，我終於看清裡頭的景象。

矮小的身形，覆蓋層層衣物，看上去有些臃腫，卻能從衣服下襬與靴子的間隙看到那纖巧的小腿曲線。

是人類？小孩子？

然而接下來的畫面就完全打破了這個假想。

它拿起一快鋼鐵，一口咬下一半，就這麼咀嚼著吞下肚裡，而那塊材料看起來就像——

那東西在吃我今天辛苦做的鋼錠！

「沒有人！能！亂動！我的材料！」

「唉……」鐵匠想起當時的狀況，只怪自己一時熱血上腦，就這麼大叫著衝進去。然而她只是伸手阻擋，就讓他一頭撞到淬火桶上，隨即昏厥過去。

所幸裡面裝的是水。鐵匠轉頭看向那個鐵桶，上面還留著一個淺坑。伸手摸摸腦門，現在還能感到刺痛。

她離開也就是昨天的事情，但工坊裡到處留著痕跡，彷彿轉身就會看到她一樣，根本沒有實感。

起先是不安，然後是暴怒地面對，隨即一頭把自己撞暈。

做為初次見面真是夠有特色了。

鐵匠露出自嘲的笑容，沾了些墨水便繼續書寫——

「噢！」睜開眼睛，額頭傳來一陣強烈疼痛，到底發生了什麼事？我已經有點記不清了。

我記得，有個人形的東西、但它絕對不是人，因為它在吃我的材料，然後我氣炸了……

這怎麼可能？那是在作夢吧，因為我昨天做的東西不是還在那……

「嗯？」我爬起身走向昨天放置鑄塊的鐵砧，上面的確有塊金屬，但湊近一看，我就察覺到這根本是不同的東西。

太工整了。

在鎔鑄時我的確會對形狀進行修整，通常就是一塊長方體，且肯定多少會帶有錘痕等等。但眼前這塊實在太工整了，除了尾端外，其他幾個面都平整到看不出手工痕跡，簡直就像從某個現成的整體上掰下般。

又有什麼有這麼大的力量？自己工坊裡可沒有動力工具。

我拿起它仔細打量一番，又做了些測試，重量與體積比顯示它是鋼鐵，聞起來是鋼鐵、敲起來感覺也是鋼鐵，所以我就先假設它真的就是一塊鋼鐵——但這就是問題所在。

這塊「鋼鐵」比我所知的任何金屬都要更加堅硬、韌性更強，丟爐裡融化起來也需要更高的溫度與更長時間，我認為鐵不管怎麼控制碳含量都達不到這種程度，除非是一些如今基本只存在於記載中的合金，但這又是同樣的問題，這塊材料的主成分明顯就是鐵。

好吧，先不管這些，現在我眼前有一塊極佳的材料，身為鐵匠我該怎麼做呢？

圖紙！圖紙！我需要圖紙！

只能是這種反應了，我得做點東西出來。

做成鎬好呢？還是鋤頭？菜刀或鐮好像也不錯。

但它既然擁有這種強度，只拿來做日常用具會不會太大材小用？總感覺應該要做點更特別的東西。

此時我想起了一件事。

「我記得是放在這。」埋頭在一堆藍圖中翻翻找找，整牆櫃都是參考書籍與過去的的設計，其中包含我自己和父親、還有爺爺留下的草稿。

其中有一個獨立的隔層，是專門放置未完成、失敗或不現實的設計。

爺爺在我小時候就過世了，關於他的事情我幾乎都是從父親那聽來的，爺爺與我和父親不同，他自詡為專職刀匠，主要鍛造武器，尤其醉心於重現自古以來的各種刀劍設計，遽聞他總把「浪漫」掛在嘴邊，認為那是一種藝術與偉大精神的傳承。

「兵器象徵著人類自古以來的抗爭精神，面對困境時能拿起武器的人，當稱為『勇士』，而為其提供刀具的人就是刀匠了，尤其是現在這個世界，要是我做的武器能被用於斬殺怪物，那不就像傳說史詩一樣了嗎？」想起父親在我面前複述爺爺原話的場面，那心潮澎湃的臉孔彷彿觸手可及。

現在沒人會想這種事了。

縱然異物可以被防禦、被殺死，但在這之上還有更加可怕的怪物，我們連應付異物都疲於奔命，更別說重現那只要使用人類程度的肌肉和刀劍，就能解決大多問題的時代。

不現實，沒用處，但不得不承認——令人心馳神往。

我決定了！要有我的風格，還要有爺爺的精神。翻著各種設計，其中有一張緊緊抓住了我的注意。

「就是這個！」

我抓起圖稿，根據自己的理解重繪，而後直奔火爐。

設計並不複雜，熟練後只要幾小時就能完成塑形。

我先拿起一些過去的廢料練習，這些金屬拿來做農具都嫌不夠結實，在此時卻能配上很大用場。

「不行！」第一個形狀不對，我把它丟到一邊。

「嘎吱嘎吱……」

「該死！」這次是過燒了。

「嘎吱嘎吱……」

「不對！」比例還是有問題。

「嘎吱嘎吱……」

「有好些，但不行！」

「嘎吱嘎吱……」

「好多了，但可以更好！」

「嘎吱嘎吱……」

「……」

「……」

嘗試了許多遍，直到手感上已經沒任何問題。我才把目光轉回那塊神秘的金屬。

還有中途就有稍微注意到、卻被我完全忽略的奇怪噪音。

有東西在我背後。

「嘎吱嘎吱……」

「嘎吱嘎吱……」

好像在什麼時候聽過的，令人牙酸的金屬摩擦音。

對了，那塊金屬也好、這個聲音也好，不正代表昨晚的事情不是夢嗎？

被身為鐵匠的熱情掩蓋、不願正視的真相，其恐怖在此刻反捲回來。我呼吸一窒，緩緩地轉頭看去。

「诶？」然而在眼前的，卻是與其散發出的氛圍完全不同的畫面。

因為是背過身的，所以看不見其面部，但從它縮成一團的嬌小身軀、還有手上鐵塊飛速消失的樣子來看，整體就有如小動物進食般。與遭遇未知存在相去太遠的溫馨場面反而讓人笑不出來。

似乎是察覺我的視線，它拉起圍巾並緩緩站起。

直立起來也不到我的胸口，是真的很矮；臉部也被圍巾與兜帽的陰影嚴實地遮起，完全觀察不了。

反正我也不覺得底下會是人類的臉，畢竟是能啃食鋼鐵的生物。

「謝謝。」對方輕輕地點頭。

是可以交流的存在，我內心的恐懼瞬間降了大半。尤其是那體型與聲音都能用「可愛」來形容。

我想該把人稱換為「她」，雖然參雜了點怪聲，但這嗓音明顯是個女孩。

「呃……不、不客氣，」然而即便如此，面對這異常狀況的我還是一陣語塞：「請、請問妳是？」

「我叫朵拉，」她回道：「我需要那些金屬。」

「所以這個是妳的？」我拿起那塊神秘材料問道。

她點頭：「再給我一些鋼鐵，我可以給你更多。」

更多的好材料！用那些稍微提純過、但本質上還是廢鐵的素材就能換!?

當然了！為什麼不呢？

「成交！」我握住她的手，底下冰冷的觸感即使隔著手套也很明顯，但管她是怪物還什麼的——這裡可是有超優質的材料、在垃圾堆裡挖一百年也找不到的那種。雖然自己說有點奇怪，但身為有熱情的職人，哪怕要出賣靈魂以換取好素材都是可接受的，更何況是那點加工的勞力：

「那邊的都可以給妳。」

我手指著堆放失敗品的箱子：「祝好胃口！」

只見她走到那箱金屬物件前開啃。

若她是以金屬為食，那麼那些經過處理的東西，肯定比路邊的廢鐵要好上不少吧。我試圖把事情理出頭緒，但說實話我腦子還是一片混亂。我看向鍛爐，專注工作一向有助於整理情緒。

我再次掄起鎚子，當看見錘面擊打燒得赤紅的金屬、濺起火星的一刻，其他事情都不再重要了。

那種奇妙的鋼鐵在火與錘子底下逐漸變形，要燒黃它需要比平時更高的熱度，汗水滴下又馬上蒸發，期間我不得不停下來喝幾口水。

數小時的全力敲擊，就算是我也感到臂膀痠痛，但一切都是值得的。

加熱到美麗的櫻桃紅，浸入桶中焠火。拿出來時形狀沒有歪曲，這是個好現象；拿挫刀挫邊緣，它平順地滑過並發出清脆悅耳的摩擦音，顯然硬度也是上佳。

雖然還覆蓋著氧化層，但只要稍加打磨修整，它就會是我有生以來最棒的傑作。

而在準備進行修整和加柄工作時，我也在觀察著她的行動。

她看了一陣鍛爐，便把手上的鐵塊丟了進去，又過了一陣，她把手套脫下，就這麼徒手把燒黃的鐵從爐裡取出。

看她露出的手，那是漆黑的、彷彿空洞本身變成一種物質般的表面，熾熱的鐵塊在那雙小手下被如黏土般揉捏，變成某種形狀。

搓成鐵條然後彎折起來，弄成像雙臂交叉在胸口的形狀，朵拉在冷卻之前就把它吃掉了，我想不通這有什麼涵義。

看不懂，但感覺很有意思。

專注在手上的工作，喘口氣時偶爾抬頭看她在做什麼。這麼一來，我感覺時間流逝都變慢了般，這是我所經歷過最奇妙的時光。
「完成了。」我呼出一口長氣，現在已經天黑了，但還是比我想像得快得多，從開工到現在，完成它不過二十小時。
但最完美的，同時也該是最單純的。
我癱在椅子上，感覺連一根手指都動不了。看向名為朵拉的存在，那箱廢件已經被吃空。此時雖然看不見她的臉，卻能感覺到其視線。
她似乎對我的新作品有意見？
「為什麼要做那樣的東西呢？」她問。
「沒為什麼，真要說的話就是自我滿足吧。」
「自我滿足？」
「如果它能被用來打倒怪物，那我簡直就像傳說中為勇士製造武器的工匠，這輩子就算是值了，」我補了一句：「只是幻想而已。」
「是這樣嗎？」
我點頭：「就是這樣。」
朵拉沉默了好一陣子，她手上突然出現一塊金屬，我不知道她從哪拿出來的。
「我會報答的。」她說著，把鋼錠放在鐵砧上，就這麼離開了。
我原本還想追出去，但工作賣力過頭的結果就是渾身發軟，而在我睡過去的前一刻，我還在看著鐵砧上那塊我夢寐以求的材料。

這不是已經報答了嗎？

鐵匠寫到這裡，看向天花板，想透過放空來冷卻過熱的思緒。當時他還以為是朵拉口誤，但其真相卻讓他到現在還心有餘悸。

鐵匠閉上眼睛長出一口氣，便繼續書寫。

在椅子上睜開眼睛，工坊裡的景象與我睡去前的記憶大相逕庭，過於衝擊的畫面讓我嚇得完全清醒，震驚到整個人跳了起來。

到底怎麼回事？

堆在門內、靠近玄關的位置，那些都是異物的屍骸，某些碎塊像是植物、某些又帶有動物特徵，已經難以辨認原形，只有惡臭汙穢的汁液滿地流淌。我強忍嘔吐的衝動，看向其中一個較大的屍塊。

上頭插著一柄刃器。我一眼就認出那是我的作品。

說得簡單點，那是一柄鋼鏟。

當時在看到藍圖的瞬間，我就明白這設計之所以被廢棄的理由。

只是把單手持的鏟子稍微變形，然後在邊緣做出刃部與鋸齒的組合而已，既能挖土、也能鋸樹和劈柴，必要時候還能拿來自衛，但就僅止於此——鋸樹比不上鋸子、劈柴比不上斧頭或柴刀，拿來當武器更是沒有道理，甚至連做為鏟子的功能也沒比較優越。這樣的東西，到底是為了什麼、在什麼情況下才會被設計出來呢？

什麼都做得到，但做什麼都極為有限，這樣的東西……

不是正好嗎？

只要擁有足夠好的材料，那些缺點都可以被彌補。

鐵棍子打人痛過木刀，而這塊鋼鐵與我至今為止所用的材料，他們之間的差距就像鐵與木頭那麼大。

一個鋸木超過鋸子、劈柴好過斧頭、戰鬥優於刀劍的鏟子，就這麼從我手中誕生，實現了「什麼都要、而且什麼都能做好」的任性，我認為絕沒有愧對那鋼鐵優異的性能。

而現實也是如此證明了。

被砸扁、砍碎、穿刺的異物屍體，只要摸一下，就能明白這些東西有多麼堅韌，但現在它們都被毀壞得不成原形。

我甩了甩手，這些被詛咒的怪物就算只剩遺骸也讓人不適，它們活著的時候該有多難對付？相比之下這把單手鏟卻毫無損傷，明明該承受了相同的力道。

真是一把厲害的東西。

不過這些該怎麼處理呢？這些異物屍骸放在這裡，每秒都讓人背脊發寒。埋了會汙染土地，我想還是燒掉比較好。

拿起鋼鏟把屍塊鏟到外頭的垃圾焚化爐裡，期間我愈發感到疑惑。是誰擅自使用我的傑作、還把異物屍體丟在工坊裡？這完全就是找碴。看樣子在清理完且氣味消散之前，上門的客人都會被嚇跑的。異物的殘骸在熊熊烈焰中燃燒，飄出異樣的惡臭，我可不想被毒倒，於是退後幾步，待外頭的空氣將那氣味稀釋。

先不論動機，又有誰可以把異物弄成這樣？我可不記得村裡有那種怪物一樣的人。

或者說……有？我想起能把燒紅的鐵塊當黏土捏的朵拉。

如果是她的話，應該可以輕易地對付它們。

「如果它能被用來打倒怪物，那我簡直就像傳說中為勇士製造武器的工匠，這輩子就算是值了。」

曾幾何時，我說過這樣的話。

「我會報答的。」

曾幾何時，朵拉說過這樣的話。

聽說貓會把老鼠叼到人家門前以表達感謝，這該不會是類似的行為吧？以展露非人特性的點來說也太過可愛。我搖搖頭並感到好笑，與此同時，我聽見了一個聲音。

轟隆隆地，從遠處傳來的長鳴。我立刻跑到道路上，能感覺到腳下的震動，但其他人似乎都沒感覺到，也沒聽到剛才的聲響。

我朝源頭看去，在鐵軌的另一頭，有個緩緩離去的身影。

「什麼？」視野一陣模糊，又很快地恢復，此時透過那嬌小的背影，我彷彿看見了某種東西、我本不該看見的東西。

龐大的黑影、使人敬畏的輪廓，我都不知該怎麼形容，那、那物體的本質絕對不同凡響，隨朵拉步步走遠，我甚至能看到它活動著的樣子。

巨大、堅固、沉重，還有無與倫比的破壞力，宛如某種概念的完成型態。

在她與那重疊的影子身上，我能感覺到和在看那些廢棄藍圖時相似的感覺。

那是一昧追求合理性者，所難以想像的存在。

那是將實用性拋在一旁、卻有無比魅力的設計。

我不禁想問，如果人類真是如古代神話般，是被「神明」所創造；那她又是被誰、以什麼目的創造出來的？

意識到這不可名狀之物，我心中的恐懼卻少之又少。

啊——在這瞬間我明瞭了。

那小小的身體、不可思議的力量……

吞食鋼鐵，而以更加強固的鋼鐵作為交換。

她一定是所謂的「妖精」吧。

那就是鋼鐵的妖精，而我也有幸知道了她的名字。

「朵拉。」輕喃著，鐵匠把筆放下，他覺得寫到這裡就差不多了。

在此之後，自己該做些什麼好呢？鐵匠看著她留下的第二塊金屬，露出粗獷的笑容，而後點亮鍛爐、撿起槌子朝它走去。

——————

朵拉今日註記：工兵鏟，甚至能劈開凍黑麵包的利器。

玖章　鐘聲

「自己是安全的」朵拉有時會這麼想，然而她很清楚這只不過是錯覺。

作為人類的造物，如今卻承載著他們難以企及的力量；但也僅止於此，如非必要，朵拉仍然不願離開鐵軌。

奇蹟的鐵路，它做為庇護路線的同時，也是將常識與現實劃分開來的界線，離開鐵軌後，什麼事都有可能發生、既沒有上限也沒有下限，世界的真實將會以各種難以想像的姿態撲面而來。

有時候，會像當時遭遇古老者般和平。

但更多時候，還是徹徹底底的**噩夢**。

朵拉看著腳下的岩石地，又往後張望，她完全不記得自己有離開鐵軌這麼遠，遠到完全看不見。

自己來這做什麼？自己是怎麼來的？朵拉對此一點印象都沒有，自上次搜索物資後也沒過多久，所以最近也沒有離開鐵軌的計畫。

不對勁。朵拉從剛剛就發現了，這個地方絕對不正常。

那是一片海灘，但沒有南國風格的風光明媚，與之相反的，這裡只有一片灰暗死寂——這可不只是形容詞。

鐵網、壕溝、拒馬，還有屍體。

屍體，屍體，屍體。

以數十、百萬計的屍骸，散佈於整個海岸線，如網般相連的、直達天際的屍山。

朵拉朝遠處挑望，廣闊的視野中，與天空相映的灰色海平線彷彿都被染成暗紅；目光所及之處無不凝結著死亡。

這些都是軍人。

在那些可辨識的軍服中，有美軍英軍法軍義軍、還有祖國的軍隊，彷彿就像大戰中的陣亡者，全部隨著洋流漂到此處般。

混合海腥味散發著惡臭，浮腫的腐爛的陰乾的屍體、能想到的一切死相都在此處，但即使如此，他們還是有一個共同點。——他們的手，都直直地伸向天空。

彷彿還不甘心、無法相信事實一般。

而宛若在回應死者，一道聲音響起，那是無法確認來源的巨大聲響。

讓朵拉想起大型機具的轟鳴，卻異常尖銳。

天空、大地、海面，一切都在扭曲，這個世界正被撕裂。

然後一切都融化了。

屍體、灌木，能看見的所有有機物，都在以明顯可見的速度崩解，而後轉變成黑色的黏膠狀物質。

而隨著聲音迴盪，朵拉的視野也愈漸模糊。

朵拉睜開眼睛。

是夢嗎？她想道，又馬上搖頭。

列車砲不會作夢。

有哪裡不太對，朵拉模糊地感覺到異常，但它卻飄渺過了頭——「不存在異常」，她所有感官都如此表示，就是如此渺小的違和感。她蹲坐在地上，低著頭，耳邊傳來營火的劈啪聲，感受到身前焰光熱度減弱，此時一隻拿著枯枝的手進入她的視野。

「別恍神了，輪到妳添料，這裡晚上可冷得很！」那是爽朗的男性嗓音。

指節分明、修長黝黑的手。朵拉接過樹枝束，把它掰成小段丟進火裡，而後抬頭迎向聲音的主人。

坐在朵拉對面的是位身形高大的黑人男性，她估計盤腿坐著的他就和自己站立時差不多高；他雖然高大卻不強壯、比例上反而顯得相當纖細，而他此時身披袍衣的樣子，更讓朵拉有種時間錯位感。

就像從古壁畫裡走出的形象，感覺卻自然無比。

明明今天下午才遇到他，卻有種已經認識很久的感覺，這或許是因為他那莫名開朗的態度所致。

「法老。」

「怎麼了小姐，想要聊天？這我可擅長了！」自稱為「法老」的男人說道：「你想聊些什麼？」

朵拉想起早先時候他自我介紹的說詞。

身為學者想了解更多事情，於是踏上旅途。而「法老」這個稱號是調查金字塔時，當地人給他取的。

埃及嗎？那裡還有人類群落？朵拉不曾踏足那片古老神秘的土地，但眼前的男人，其氣質卻與那種印象非常吻合，他說不定真是從那裡來的。

「你說你是學者？」

「我知道很多事情，」法老露出笑容：「妳一定有事想問，樂意效勞。」

「戰爭，你知道嗎？」

「戰爭？」法老攤手，顧視四周的土沼與零星的廢墟、還有不遠處的鐵軌：「是指世界變成這樣前的那場？」

朵拉點頭：「如果你知道的話⋯⋯」

「知道一些，我想沒什麼好說的，」他捻著下巴說：「但我有個有趣的設想。」

「設想？」

「妳有沒有想過？如果這世界未曾改變，如果戰爭最後沒被降臨的災難打斷，而是由人之手結束，那其過程會是什麼樣子？哪一方會贏？現在的世界又會是如何？」

朵拉沉默了。

的確，她也有過類似的想法。

但根據朵拉的記憶中的情況，要是沒被巨變中斷，她實在難以想像那場大戰會有結束一說。

「說不定會打到現在。」朵拉說。

「哈！說不定還真是！但我還有另外的假設，」法老露出有些奇怪的笑容：「我敢說要結束一場戰爭，那肯定會經過決定性的戰役，妳就沒有想過，如果真有那麼個戰場，那當時會是什麼情況？」

「我不知道。」如此說出口的瞬間，朵拉卻想起了剛才「夢境」中屍體堆疊的海灘。

「那可能會是一場大規模的撤退？或者，」法老豎起了食指：「是一次在海島上的大獲全勝？」

「這……」

「又或者！」他再次搶先說道：「是一次意料之外的搶灘登陸？」

這次朵拉沒有回答，只是靜靜凝視著他。

她隱隱想起了什麼，卻發現自己的目光逐漸難以在法老身上對焦，朵拉猛地搖頭，再次看向他——依然是那位皮膚黝黑的成人男性，沒有任何怪異之處。

果然是錯覺嗎？眼前的人無比具體真實，比篝火搖曳的焰光、溶入黑夜的雲層都要真實得多。朵拉瞇著眼，想著是否是因為剛才的怪夢，才讓自己變得多疑了些？

「只是些無聊的猜測而已，」法老聳肩，用樹枝撥弄著火堆：「戰爭，戰爭就像橫在文明前的一座深谷，人們用金錢、火藥、鋼鐵還有屍體當泥土去填，然後才得以繼續前進——而最後一盆泥土的重量，可能比妳想的要沉重得多。」

「你說的……簡直就像親眼所見一樣。」

「哈哈哈！怎麼可能，戰爭不是還沒結束嗎？」

「戰爭早就結束了。」

「不不，被『中斷』和『結束』可不一樣，」法老擺了擺手：「這根本是兩回事。」

「什麼？」

「人類早已付不起最後一盆泥土的代價，戰爭將永遠地中斷、再也不會迎來終局，妳知道這代表什麼嗎？」

朵拉搖頭。

「失去結局的戰爭，其後的未來已不再屬於人！」他仰起頭，雙手向兩旁展開，那姿態就像黑夜中巨大樹影的延伸：「人類啊，已經沒有**未來**了。」

「——以上，只是個人的胡思亂想而已，」他訕笑著回到原本的姿勢，剛才的氣氛被瞬間截斷：「做為學者，沒點想像力可不行啊！」

忽然縮回原樣的存在感。眼前男人的模樣、聲音，都讓朵拉難以維持思考能力，甚至連懷疑都做不到。

沒有異常。朵拉想著，並說道：「我來顧火，你睡吧。」

與她相比，人類還是需要睡眠的，而要是沒有篝火，這裡夜晚的低溫足以奪人性命。

「這可不行，」卻見法老邊搖頭，一邊伸手比劃朵拉的身高：「小孩子應該多睡一點，我作為學者，熬夜可是家常便飯了，一兩晚沒睡不算什麼。」

「可是……」

「沒什麼可是，孩子就該多休息一點，不然到了我這年紀，想睡還不一定能睡呢！」他伸手輕拍朵拉的頭頂：「況且有些事情，在清醒時可是碰不上的。」

什……麼？明明沒有睡眠需求，視野卻毫無由來地變暗，一種難以抗拒的感覺充盈朵拉的意識，不想動不想聽也不想看，只隨著本能逐漸下沉。

這就是人類所謂的，倦意嗎？

於是朵拉沉沉睡去。

朵拉走在街道上。

硬底靴磕著磚鋪的人行道，發出「叩叩」的聲響，濕潤的空氣中瀰漫夏末的暑氣，陽光普照、晴空無雲，兩側是磚木房屋排成的市景，這是只存在於朵拉搖遠模糊記憶之中的，舊日重臨之前的世界。

小販的叫賣。

婦人的哄笑。

男性間的對罵。

腳踏車的鈴聲。

耳邊傳來各種各樣的聲音，即使是朵拉這樣的存在，也能理解這是在末日之前，人類所擁有的「日常生活」、僅僅用聲音所勾勒出的平和街景。

然而，她卻沒有看到任何人。

或者是有？她甚至都沒辦法確定這點。

牆角的陰暗處、水溝蓋與路面的間隙、搖曳的樹影下，在這些光與影的夾縫中，有時能瞥見那不斷變動的影子。

一閃而逝，連朵拉都不確定自己究竟有沒有真的看到，但她相信那些都是人影。

曾經是活著的、沒有實體，只作為影子留下的紀錄。

走著走著，人們活動的聲音逐漸變得嘈雜，在耳際迴響的音量也愈來愈大，這讓朵拉多少感到不自在，直到——

那掠過天際的聲響，與她再熟悉不過的投彈聲。

「咻——」劃破空氣的銳響自高空而來，壓過她身邊的一切。

然後，那是排擠了空氣，連聲音都不被允許存在的、完全的空白。土地、房屋、樹木，一切都在這炫目的白中消失。

此時朵拉的視野被逐漸拉遠。

遠離中心的白芒，接下來是滿目的焰光，所有事物都被瞬間點燃，壓倒性的熱量席捲整個大地。

這時朵拉才聽見遲來的爆炸聲，那撕裂大氣般的波動，甚至已經不能說是「聲音」了，而是妄圖蹂躪周遭一切的風暴。即使是遠離中心的房屋，也在挺過最初的衝擊後、被反捲的狂風從背後摧毀。

高熱與衝擊波肆虐整座城市，而在這大破壞的場景中，朵拉注意到了無數懸浮的光點，它們兩個一組，飄在約與常人視線等高的位置，並層層圍繞著爆源，她很快地意識到其真面目——

——這些都是眼珠。

直視爆炸的閃光，在一瞬間沸騰、燃燒的，無數人的眼珠。

連哀號都來不及，也沒時間感到疼痛，水分蒸發、生物質燃燒，很快地，視野中就什麼也不剩了。

爆炸過後，朵拉站立在一片廢墟之中，建築全被夷平，而原本活動著的人影，也在被那般強光照射後，被永久固定於生命消失的一瞬，化為深印於地面的碳痕。

這是戰爭嗎？

不。朵拉想著，並暗自搖頭。

毀滅，這僅僅是毀滅而已，再也沒有其他意涵。

看著與自身所認知的現實不同、「另一種」狀況造成的末日景象，朵拉再次邁開腳步。

而與此同時，那發瘋似的尖銳轟鳴，又一次如地鳴般升起、迴盪於整個空間。

眼前的風景再次融化成黑色黏膠，並漸漸崩毀。隨著一陣踏空的墜落感，朵拉往黑暗的更深處而去。

漆黑的肌膚、毛髮與瞳孔，朵拉於近中午時醒來，映入視野的男人卻讓她有種自身還處於黑夜的錯覺。

「早安！或者說午安？我說孩子就是能睡！」只見法老正在拆除營火架、收拾物品，為離開這個臨時營地做準備：「總之天氣正好，我們應該趁現在多走點距離。」

自己休眠了這麼久嗎？朵拉起身走出背陰處，正如他所說，即使是用無機物構築身體、對氣溫變化遠不如人類敏感的她，也覺得今天是個「好天氣」。

太陽高掛但不炎熱，有一定的溼氣，但不至於令她不快，也沒有阻礙前進的強風，而原本潮濕過頭、讓她每走一步都會下陷的地面，也在陽光照射與滲流作用下變得乾燥，考慮這附近是有泥沼的多雨地形，這樣的時機實在難能可貴。

朵拉倒不需要收拾行李，於是剛過中午，他們便沿著鐵軌繼續邁進。腳底下、枕木上的舊印，此刻依然靜靜地存在著，即使經過如此漫長的時光，其刻痕也沒有一絲一毫的磨損，光是這樣，就足以讓所有依靠鐵路而活的存在感到無比安心。

「它可以排拒大多數的、不屬於這世界的東西，」法老踮了踮鋼軌，說道：「但這效果似乎有某種界線。」

「人類和異物。」朵拉出聲。

「沒錯，是的！但肯定還有其他東西不受這紋章影響——說到底，它的效果更接近於引起嫌惡、而不是實際的傷害，它既不是城牆也不是護城河，而是門前的泥濘地。」

「你對此很了解？」

「當然了，我可是學者！」他得意地說，語氣一轉，又道：「嘿，妳還記得我們昨天走過的沼地嗎？泥巴深得小腿都陷進去了。」

朵拉點頭，雖然那時她不只小腿、連膝蓋都被軟泥淹沒。

「但我們還是走過來了，而代價只是那點小小的不適。」

朵拉把一雙壞靴子甩在地上，上頭覆蓋著厚厚的乾燥泥土，還裹夾尖銳的小石塊和一些斷裂的枝條，在它的表面磨穿了好幾個破口。

「對，還有一雙漂亮的靴子，」法老哈哈笑著：「往好處看，至少妳還有備品！」他說著，邊指了指自己的赤腳。

「……」朵拉沒有回答。她不擅長聊天，而對方的話題似乎都有些不著邊際。

法老凝視著朵拉，聳了聳肩。他們就這麼一路走著。

到了下午，原本晴朗的藍天逐漸轉暗，陰雲伴隨濃重的濕氣而來，兩人稍微加快腳步，希望能找到一個適於避雨的場所。

「妳的話不多，但我能感覺到妳充滿了好奇心，」此時法老又開始說話：「妳總是在觀察周遭、從不排斥傾聽，甚至還提到了戰爭？說真的，現在根本沒人關心那些。」

「他們苦於生存。」

「妳就不是嗎？」他問道，一邊露出笑容：「但妳說的對，在追求心靈上的滿足前，得先確保自身能夠存活。」

「但我相信有些問題，是從最最根源之處，就一直跟隨著人類，『活著』這件事本身，就是對解答此類問題的嘗試。」他又道。

「什麼問題？」

法老回答：「『我是何人？從何處來？往何處去？』就我所知，人們總是在這幾個問題上打轉，不管他們有沒有自覺。」

他伸出手、手心向上，小小的水珠滴落，周遭已在下著濛濛細雨：「我們是旅人，所以常會被問道『你從哪裡來？』和『你要去哪裡？』，我們的回答可能單純是一個地點，或為了強調精神面而說出一個抽象的目標，然而，妳可曾認真地詢問自身——『我是誰？』。」
「我……是誰？」
「沒錯！這是最重要的，人們常常過於把注意力放在外界，追求目的、追求真相，但他們不知道，真正重要的問題與答案，最終往往都在自己身上。」
朵拉不知該點頭還是搖頭，這個話題開始變得抽象了。此時她看到不遠處的岩壁下有個淺淺的凹洞，於是她伸手一指，兩者便朝那走去。
雨勢很快地變大，而這凹洞的深度並不允許設置營地，所以兩人就這麼站著躲雨。
這是一場暴雨，朵拉希望它不會持續很久，在這地區行走的數天中，她好幾度以為自己要生鏽了，儘管這如今不太可能發生。
「朵拉，妳知道嗎？」
「知道什麼？」
「接續剛才的話題，」法老蹲下，從長袍下擺擰出水份：「在探討過去、探討未來之前，人們應該要先明白，自己『現在』身在何處。」
「……？」朵拉困惑地看著他。
法老見此嘆了口氣，並搖頭到：「人們喜歡把簡單想得複雜，把最近想得很遠——有沒有想過當我問妳『身在何處』時，就是真的在問所在地呢？」
「這是什麼意思？」隨雨幕漸大，某種覆蓋在朵拉意識上的隔層也被一點點洗去：「不、不對，你是什麼？」

「別問我是什麼，這要問你自己。」

「回答我的問題。」

「沒什麼好回答的，而且……」只見法老聳了聳肩：「妳不覺得，我們現在離軌道有點遠嗎？」

法老說完便凝視著朵拉，他的瞳孔周圍帶著混濁的渦流、中心則是冰冷空虛的黑暗，其中暗藏惡意的光輝。

「!?」只是被這樣看著，精神就好像要被捲入其中，意識正一點點地被其剝奪。

那根本不是人類的眼睛。

這是她在失去意識前，所思考的最後一件事。

「這裡是？」朵拉回過神來，發現自己正處在一個奇異的場所。

廣大、安靜而無聲，周遭被厚重的牆壁與粗大的梁柱包圍，這裡的一切都是由水泥與金屬構成，槽罐、牆面與地面，還有一些分布按鈕與拉桿的箱體，所有可見的結構物都只為功能性而存在，這個空間彷彿被賦予了某種偏執狂般的意識，讓朵拉聯想到某種車間、工廠或實驗場。

直線、直角、直角、直線、正圓、立方……眼中的建築構造顯得無比冷硬而無機質。配合整體灰白的色調，甚至能給精神帶來壓迫。

而煩擾朵拉的不僅僅是視覺。

空氣瀰漫難聞的氣味，令她想起腐朽的金屬，連口裡也都是類似的味道。

朵拉持續走著，而在這空間的盡頭，她看見了——

——那是一個**空洞**。

突兀地出現在平整地面上的巨大落穴，它的開口是個直徑有二十米的完美正圓，裡側則是平滑得宛如鏡面的洞壁，並一路延伸至不可見的深處，白色迷霧從洞裡往上漫出，包圍著懸浮於半空中的「某樣物體」。

「這是……」朵拉繼續走近，她想看得更清楚一些。

怪異的光線於霧氣中透射，隱約露出物體的輪廓，它上窄下寬、有著流線型的外表，而不時刺進視野的反射閃光，則說明它大部分都是由金屬製成。

自地底升起的霧氣似乎永遠不會消散，時如泥潭般死寂、時如水銀般流轉，偶爾才露出所藏之物的部分樣貌。有時是輪廓、是材質、是標誌，或是清晰的一角，每次都是一部分，它永遠都不會、也不該完整地顯露出來，所以朵拉只能從每次看到的局部線索，來拼湊出它的完整形貌。

要具體形容的話，朵拉會說它是一口「鐘」。

高寬約四到五米，在頂部與底盤的位置打了好幾圈鉚釘、還有一些看起來像是散熱和進氣口的凹陷結構。

而在鐘體正面、中間偏上的位置，蝕刻著一個**標誌**。

那是朵拉再熟悉不過的圖案。

象徵權力、象徵勝利，象徵著國家與社會的它，最後卻將整個世界拖入戰爭的深淵。

或許還不只。

看著眼前的景象，朵拉甚至都不知道該做何反應。

「祖國啊……您到底做了什麼？」這樣的話句不禁脫口而出。

在朵拉呆立當場的同時，一陣機器的轟鳴從霧氣內傳出——

鐘響了。

那是無法形容的尖銳噪音，如無數鋸齒削刮金屬、再放大千百倍般，聲音在這空間反覆迴盪疊加，從四面八方而來的壓迫感讓朵拉備感不適。

而這也只是附加效應而已。

朵拉很快地察覺到它真正的作用。

在這足以使人發瘋的噪音之中，又有一個較低的聲音自地底、還有四周牆面突入這音浪之中，並占據了絕對的存在感。

冰冷龐大，且無意識的惡意，藉這聲音傳進朵拉的內部。

「唔！」她單膝跪下，仿人的形體不斷扭曲閃爍。

隨著這可怕的聲音，空間開始剝蝕扭曲，如腐壞的皮膚露出底下的爛肉，駭人的氣息從那無數細小破口滲漏到這個世界。

在那霧中，她看見了……

朵拉驚醒，她發現自己依然身在原本躲雨的岩壁下。

「到底，發生了什麼？」如今她甚至都不能判別自身是否還在現實世界。天色已經轉黑、鐵軌的位置比她原本認知的要遠得多，法老也不在身邊。

對了，法老！

他不是人類、不是異物，更不是眷屬，而是──朵拉不願意再想下去，無論對方想做什麼，她不能、不想也不會與對方為敵，現在的當務之急是弄清楚自己的處境。

環顧四週，她認為自己已經回到了現實，比起先前在「夢」中所見的景象，現在她在的地方明顯更為正常且真實。

但她有預感，接下來肯定還會發生什麼。

如果對方真是「那種存在」，那現在她所能做的，就是盡最大努力做心理準備，以應付接下來可能會看到的東西。

正想著，她就聽見了動靜，隨即看到動靜的正體。

折斷樹木、壓毀地面，跟隨著血紅色的月亮從地平線升起，映入眼簾的是個不斷嘶吼的醜陋巨人，祂有數十米高、用三足站立，原是頭部的部分被一根巨大觸手取代，如腥紅的舌頭貪婪地舔舐夜空。

而當祂伸出扭曲而粗壯的手臂，用指尖尖銳的鉤爪指向朵拉時——

恐懼。

從來沒有感受過的、無與倫比的恐怖襲向朵拉。

彷彿被丟入極寒的深空，上下左右、泥土樹木，所有有形的事物與那個存在相較，似乎都變得不確定起來。它本身就是強大而未知的力量，刺骨的恐懼攀上朵拉的背脊，意識好似要爆散消逝，視野變得模糊，在耳鳴造成的寂靜中，只剩祂的嘶吼在試圖融毀她那相對脆弱的精神。

而朵拉作為兵器的本能對此做出了反應。

「啊啊啊啊啊————！！！」

她發出一聲巨大的尖叫，而後伏下身軀，液態般的黑暗從衣服縫中噴發、滴落並滲入周遭的地面。

這片黑影向上蒸騰，覆蓋了一片空間，而後快速地聚合成型。

最終顯現出來的，那是堪比船艦，人類歷史上最為巨大的陸上兵器。

沒錯，是兵器、僅僅只是兵器而已。

而對面，是敵人、是威脅自身的怪物。

沒有猶豫、無須猶豫。朵拉那稀薄的意識，此刻便跟隨本能做出決斷。

自重一千三百五十噸，高十二米、全長五十三米的車身，長三十米的砲管直指前方。當初隨朵拉的意識誕生，與她的身軀一同發生質變，重達五噸的高爆彈夾帶著遠超過往的力量被送入膛室。

像是要與巨人的咆哮相抗衡般，隨朵拉底盤的轉向架堅定地運作，主砲炮身的朝向也緩緩地變動著。

確認方位——

調整仰角——

「**轟！**」

更勝雷鳴的巨響與焰光一起，在巨人瘋狂的、無窮盡的嘶吼中，撕開了一道破口。

目標不算太遠，因此朵拉幾乎是採取平射。砲彈呼嘯著前進，在空氣阻力與重力牽引下修正軌道、直直撲向預計的著彈點——巨人的胸口。

在那瞬間，整個世界似乎安靜了一下。

然後是閃光，與巨大的爆炸聲。

灼熱的氣浪席捲擴散，泥漿與塵土被掀上高空，並在十數秒後如雨點般墜落，滴在朵拉舉起阻擋的袖子上。

她正在全速撤退。
爆炸後空氣回填，朵拉能感覺到強風掠過周身，周遭忽然變得安靜，之前瘋狂的聲音洪流簡直就像假的一樣。她甚至都沒有進行確認，在砲彈出膛的瞬間她就轉換為人型體，以最快的速度離開這個地方。

……

……

數天後──
早上才下過一場雨，下午的空氣仍然潮濕，男人的橡膠靴踩進地面、帶起一團濕泥，他身披雨篷、腰間掛著削短的散彈槍，就這麼沿著鐵軌行走。
男人是一名護道者，但他的交通工具在巡邏的路上損壞了，導致他得花整整兩天才能走回群落。他邊感嘆不走運邊警惕周遭的情況，並在發現異常時把手放在槍柄旁，深吸一口氣，準備應付任何突發狀況。
那是一座池塘。
還不能稱之為湖泊，目測僅有百餘米寬，但熟知附近地形的他從不記得有這種池子。
這裡本就是多雨地帶，偶爾多個水塘似乎沒什麼大不了的，而自己之前應該也有經過這裡，只是忽視了它。

但為什麼呢？這裡有一種讓人汗毛倒豎的感覺。男人想道，他蹲在池邊，撈起一掌泥土細細檢查，隨即皺起眉頭。

「嗯？」石頭上有些詭異的焦痕，想必曾被異常的高溫灼燒，而這些碎石看來原本也是屬於一個更大的整體，那它肯定承受了不小的衝擊。

環顧四週，許多樹木的殘骸也呈現類似的狀態，被燒毀、折斷或碎裂。

這些痕跡都很新，會是閃電嗎？他想，然後搖頭，這肯定不是自然形成的。

會是誰？會是什麼？能造成這種破壞的「某物」，無論是自然現象還是怪物，其威脅都已經遠遠超出異物，如果真的是「那種存在」的話……

即使是用步行，這裡離聚落也僅僅只有兩天路程，這是否代表那「某物」已經離聚落很近了？

不行！得趕快回去看看，至少也要提供預警。

在他這麼想並轉身的同時，一個聲音從背後傳來。

「咕咚」

是水面被攪動的聲音。

「啪嚓」

「啪嚓」

「啪嚓」

那是踩在軟泥上的，沉重的腳步聲。

「稀哩稀哩」

「稀哩稀哩」

然後是水滴落地面的聲響。

有東西在背後。男人額上滑下一滴冷汗，他艱難地想邁出步伐，恐懼卻令他動彈不得。

不能去看。

不能回頭。

男人的本能發出警告。

在未知的恐怖前，連呼吸都逐漸無法控制。在意識到這點的同時，他的情感開始壓過那最根源的本能；如果未知恐怖如斯，那就只要將其轉為已知、只要轉頭，這份恐懼就得以削減。

蔓延至腦隨的恐怖讓他不顧一切地，轉過頭來。

「!?」

在那裡的，是一個「破洞」。

彷彿窺探著世界的孔隙，連現實都扭曲的漆黑模仿人類的身影，小小的「那個」，卻散發著巨大的存在感。

那東西在脫離水池後緩慢行走，身後像是纏滿了透明黏稠的混沌。男人不知該如何形容，那不是用「樣貌」、「外型」可以解釋的東西。而在神智被這種瘋狂壓毀之前，他豐富的戰鬥經驗使其作出反應——

「砰！」

在用散彈槍開火的同時，勉強取回行動能力的男人甚至都沒去確認槍擊效果，只是拔腿狂奔。

「呼、呼……呼、呼、呼……」

喘氣，感覺肺在燃燒，他不敢停下腳步，直到聽不見身後的腳步聲、直到那壓迫感消失為止，他的思維都處於一片混亂。

混亂到，他覺得自己聽見了聲音，那是參雜怪聲、稚嫩的女性嗓音——

我是……什麼？

——

——

——

——

——

朵拉今日註記：伏行之渾沌、無貌之神、持擁千面之神、阿撒托斯的信使……擁有無數稱號及化身的祂，其名為奈亞拉托提普（Nyarlathotep）。

後記

各位好，我是小葉欖仁！

一轉眼已經升上大四，從國中算起，我的寫作之路已經過了十個年頭，而這本書作為邁入下個十年的開始，也是我在畢業前出的最後一本了。出社會以後會如何個人也不甚清楚，在深感不安的同時，也希望往後能繼續與諸位讀者一同前行。

接下來說說作品本身，關於主角朵拉的設定，首先古斯塔夫型列車炮在軍迷間應該算是人盡皆知的，雖然在作為兵器的實用性上有很大的爭議，但大口徑本身也算是一種浪漫了，說實話，小學時當我第一次在書上看到，就被那充滿魄力的外觀吸引，如今回想起來，這就是「萌」吧。這樣巨大沉重且威風的兵器，在本作中卻常以小女孩般的外型出場，這也是「萌」。

原形與人形互相襯托，加上我原本就很中意的無口設定——想要寫看看這樣的角色，本作之所以誕生，很大一部分也是出於這種執著。

而背景設定與內容，也同樣屬於滿載個人興趣的題材，克蘇魯神話、二戰與後啟示錄、公路旅行片般的單元劇結構，加上如此這般的主角設定，一開始下筆時還想著「這會不會太過分了？」，但個人也寫得相當享受，與此同時如果有讀者在看這部作品時能得到樂趣，那就再好不過了。

——買了遊戲，出了新書，換了電腦，照著這個勢頭繼續投入畢業製作，希望可以就這樣一帆風順下去，這就是我的新年新希望了。

最後，寫下這篇後記時正是除夕，雖然本書抵達各位手上應該也是五月之後了，但還是在這祝各位新年快樂！

釀奇幻57　PG2559

超越雙軌的朵拉
Dora Over The Rails

作　　者　小葉欖仁
責任編輯　喬齊安
圖文排版　蔡忠翰
封面設計　劉肇昇

出版策劃　釀出版
製作發行　秀威資訊科技股份有限公司
114 台北市內湖區瑞光路76巷65號1樓
電話：+886-2-2796-3638　傳真：+886-2-2796-1377
服務信箱：service@showwe.com.tw
http://www.showwe.com.tw
郵政劃撥　19563868　戶名：秀威資訊科技股份有限公司
展售門市　國家書店【松江門市】
104 台北市中山區松江路209號1樓
電話：+886-2-2518-0207　傳真：+886-2-2518-0778
網路訂購　秀威網路書店：https://store.showwe.tw
國家網路書店：https://www.govbooks.com.tw
法律顧問　毛國樑　律師
總 經 銷　聯合發行股份有限公司
231新北市新店區寶橋路235巷6弄6號4F
電話：+886-2-2917-8022　傳真：+886-2-2915-6275

出版日期　2021年7月　BOD一版
定　　價　260元

Printed in Taiwan

讀者回函卡

國家圖書館出版品預行編目

超越雙軌的朵拉 = Dora Over The Rails/小葉
欖仁著. -- 一版. -- 臺北市 : 釀出版,
2021.07
面； 公分. -- (釀奇幻 ; 57)
BOD版
ISBN 978-986-445-467-9(平裝)

863.57 110006141